U0894891

# 读书，让我们不再孤单

我读 Read

梁文道
主讲

凤凰书品 编

湖南文艺出版社
HUNAN LITERATURE AND ART PUBLISHING HOUSE

图书在版编目（CIP）数据

我读：读书，让我们不再孤单 / 梁文道主讲；凤凰书品编 . -- 长沙：湖南文艺出版社，2014.4
ISBN 978-7-5404-6602-2

Ⅰ . ①我… Ⅱ . ①梁… ②凤… Ⅲ . ①书评—中国—现代—选集 Ⅳ . ① G236

中国版本图书馆 CIP 数据核字（2014）第 020078 号



**上架建议：大众文化**

**我读：读书，让我们不再孤单**

编　　者：凤凰书品
主　　讲：梁文道
出 版 人：刘清华
责任编辑：薛　健　刘诗哲
监　　制：蔡明菲　潘　良
特约编辑：汪　璐
营销支持：尤艺潼
封面设计：黄柠檬
版式设计：姜利锐
内文排版：百朗文化
出版发行：湖南文艺出版社
（长沙市雨花区东二环一段 508 号 邮编：410014）
网　　址：www.hnwy.net
印　　刷：北京鹏润伟业印刷有限公司
经　　销：新华书店
开　　本：880mm × 1270mm　1/32
字　　数：178 千字
印　　张：9.25
版　　次：2014 年 4 月第 1 版
印　　次：2014 年 4 月第 1 次印刷
书　　号：ISBN 978-7-5404-6602-2
定　　价：32.00 元
（若有质量问题，请致电质量监督电话：010-84409925）

## 目录

### 我们时代的写作



### 纯真博物馆

## 一个村庄里的中国

## 士人风骨



## 洗脑术：思想控制的荒唐史

## 植物看得见你

# 我们时代的写作

## 《我们时代的写作：对话〈酒国〉〈生死疲劳〉》

### 迷乱现实逼出迷幻现实主义

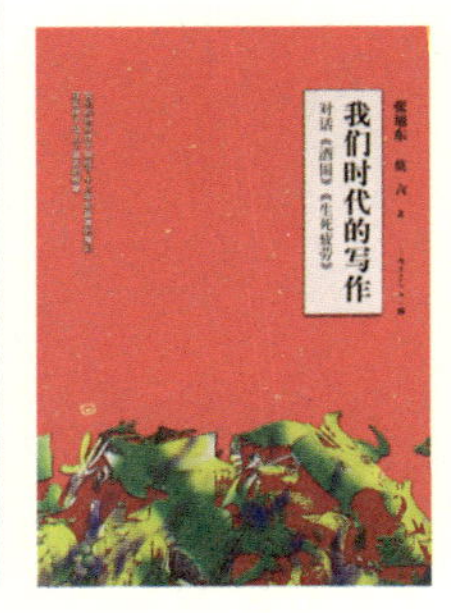

莫言（1955— ），本名管谟业，山东高密人。小学五年级因“文化大革命”辍学回家务农，1976年应征入伍。曾在解放军艺术学院、北京师范大学鲁迅文学院学习。1981年开始发表作品，著有《红高粱家族》《丰乳肥臀》《酒国》《生死疲劳》《蛙》等。2012年获诺贝尔文学奖，成为首位获奖的中国籍作家。

张旭东（1965— ），生于北京，纽约大学比较文学系和东亚研究系教授。北京大学中文系毕业，美国杜克大学文学博士。著有《改革时代的中国现代主义：作为精神史的80年代》《幻想的秩序：批评理论与当代中国文学话语》等。

莫言语言的放肆就是诺贝尔文学奖评委所说的“迷幻现实主义”，这种迷幻状态恰恰能够捕捉今天中国的复杂性。

莫言获诺贝尔文学奖之后，我们想象得到会有各种传记、评论集问世。率先上市的是张旭东与莫言合著的《我们时代的写作：对话〈酒国〉〈生死疲劳〉》，主要是两人的对话以及莫言作品的文学评论。

张旭东是纽约大学比较文学系和东亚研究系教授，激发出莫言一些坦率的、有趣的说法。然而在进行《生死疲劳》的对话之前，他竟未读完这部小说！接受媒体采访时，他说了一些莫名其妙的话，诸如莫言获奖代表中国文学的生产力等，但瑕不掩瑜，他的理论分析很精彩。

评论界经常批评莫言的文字不够节制，有点太放纵。我觉得莫言早期的作品还好些，到《生死疲劳》这个问题就有点严重。张旭东认为莫言的语言从《酒国》开始就很放肆，这种放肆就是诺贝尔文学奖评委所说的“迷幻现实主义”（hallucinatory realism），这种迷幻状态恰恰能够捕捉今天中国的复杂性。

今天中国很多东西说不清道不明，比如社会主义市场经济到底是什么。张旭东在《“妖精现实主义”与“社会主义市场经济”的叙事可能性——〈酒国〉中的语言游戏、自然史与社会寓言》一文中认为，社会主义市场经济是不同生产方式的并存，不同时代压缩在一个空间里，资本主义、超资本主义、前资本主义的东西都在其中。这么多混杂的东西同时呈现，投射到语言上必然杂乱。

张旭东将《酒国》视为社会主义市场经济的一个寓言，认为这部小说的特征是“乱七八糟，特别混杂，很多经验不知道怎么处理就那么并存在那里。在一个非常直观的意义上贴近中国当代的现实，有一种寓言式的对应关系。我们看莫言，在审美意义上，有一种丑的感觉，有一种扎眼的、震惊的、粗俗的、鬼怪式的、怪力乱神的东西。看完以后觉得这像是我们日常生活经验的一个结晶体，不讲道理的东西”。

《酒国》的主人公丁钩儿是省人民检察院的特级侦察员，“照理说应该代表了国家和体制，但他出来后国家已经不在他身后，给他的这个权力、自我意识也不足以去抗拒种种诱惑，他知道自己在受诱惑，也知道这是不对的，但是没有办法去抵御诱惑”。张旭东认为这不能简单归咎于丁钩儿意志薄弱。用卡夫卡的说法[1]来形容，这个

---

[1] 参见卡夫卡（Franz Kafka，1883—1924）短篇小说《中国长城建造时》。

人虽是钦差大臣，然而皇帝在下面已无权力，到处诸侯割据，派人下去自然会发生一系列荒唐的事。你以为自己拿着尚方宝剑和大印就管用，但别人根本不跟你玩这一套。

莫言以语言爆炸的方式表现这种混杂状态。比如丁钩儿到酒国市调查“红烧婴儿”案件，犯罪嫌疑人给他敬酒时，随意搬弄各种语言。首先用很“伟（大）光（荣）正（确）”的语言说：“我们是爱国主义者，抵制洋酒。”这是酒国土产的酒，不能不喝吧？劝酒时说：“老丁同志，您大老远来了，不喝酒我们不过意。咱们一切从简，家常便饭，不喝酒怎能显示出上下级亲密关系？酒是国家的重要税源，喝酒实际上就是为国家做贡献。”这场豪华宴会喝到最后连孝道都出来了，犯罪嫌疑人竟以 84 岁老母亲的名义祝丁钩儿侦察员身体健康、精神愉快……

张旭东认为这种笔法才能恰到好处地表现中国的复杂：“这里边有共产党的语言、官方语言，有民间语言，有上得台面的语言，有上不得台面的语言，有胡搅蛮缠的语言，也有好像讲道理其实不讲道理的语言，所有的语言都混在一起了。”“那些人掌握各种各样的合法性的词汇，各种各样的合法性的表述，各种各样的合法性的资源，他们以这样一种语言上的合法性将自己包装起来。这就是中国现状的一个特色。”这场鸿门宴“犯罪一方能充分调动语言资源，而丁钩儿意识上处于一个半瘫痪、半空白的状态，像一个煤气中毒，意识到危险，想把窗户打开或爬出门去但却动弹不得的人那样，一点点陷入了罗网"。

张旭东很关注这类带有游戏性质的语言，认为它超越一般的善恶与是非判断，不能简单地说莫言在为中国涂脂抹粉或在批判现实。但莫言认为自己并未超越，他对价值判断有标准，对善恶、是非很执着，甚至对政权持批判态度。

张旭东认为《酒国》批判的是商业化问题，但莫言说他批判的是"欲望洪流，更多的是对人的一种思考，对人的远远超过自身需要的欲望、过分膨胀的欲望、人的口腔的欲望、性的欲望、财富的欲望的一种讽刺。这些东西也涉及腐败问题，官员的腐败问题，另外也是主动地对鲁迅的'吃人文化'的有意识的继承。这种道德义愤在《生死疲劳》里还是很强烈的"。

《生死疲劳》采用生死轮回的方式，批判农村土地改革的一些做法。地主西门闹 1950 年被枪毙之后冤魂不散，不断在畜生道轮回，先后变驴、牛、猪、狗、猴，目睹"大跃进"、三年大饥荒、"文化大革命"、改革开放等历史大事件，2000 年年底转世为大头婴儿。莫言的意图非常宏大，试图以轮回串联 50 年历史。对此，张旭东有另一种解读。他认为新中国成立初期农民是有土地的，后来开始革命，搞公社化，土地归集体所有，再后来改革开放，土地再度回到农民手中——革命几十年，朝夕间又回到原点，这是一个大轮回。

这类题材很多小说家已用写实手法处理过，照搬一遍没意思，也会失去创作的自由度。莫言认为："我们过去的一些作家实际上都是在图解毛主席的思想，作家首先抢占的是政治上无比正确的高地，然后用正确的观点来演绎或者揭示他的人物，是从经济的、政治的角度来讲，所以我觉得忽略了人的感情。我们的历史小说只写经济，都是按照毛主席的《中国社会各阶级的分析》指导革命的纲领来写，像《金光大道》也好，《艳阳天》也好，周立波的《暴风骤雨》也好，所有的人物都是可以按照中农、贫农、雇农分类，按照毛主席的经典一条条对上的。"他对此很不满，决定创造一套写法。

《生死疲劳》中有一个非常固执的人叫蓝脸，莫言说他有生活原型。当年搞公社化，那个人坚持单干，最后儿女跟他分家，他在"文化大革命"中上吊自杀。莫言很同情他，觉得他够硬气，而且硬得很正确。莫言认为农民应该跟土地绑在一起，土地只有归农民所有，农民才能真正做自己的主人。在人民公社大集体里，农民只是土地的"奴隶"，或者说是集体的"奴隶"。

莫言强调作家的道德责任感和善恶价值观，认为批判到最后必须直指自己。他说往后要把自己当罪人写，因为很多人要求别人忏悔，但没有一个人主动忏悔。莫言提到"文化大革命"期间，他曾用小土块扔一个正在被批斗的、跟他家关系特别好的女老师，为此他负疚终生。

莫言自我剖析道："我发现我真是个坏人，这辈子做了无数的不好的事情，而且为了掩饰这个不好的事情，想到的时候就禁不住手舞足蹈，用肢体动作来缓解内心深处的罪咎感造成的压力。那种压力到了什么程度！当然这些都是小恶小坏，别人对我的评价基本上还是比较好的。大家心目当中比较好的人，他的一生当中还是做了很多不好的事情，梳理一下整个的过程，有助于塑造小说里的人物。”

（主讲　梁文道）

《莫言讲演新篇》

用耳朵阅读莫言

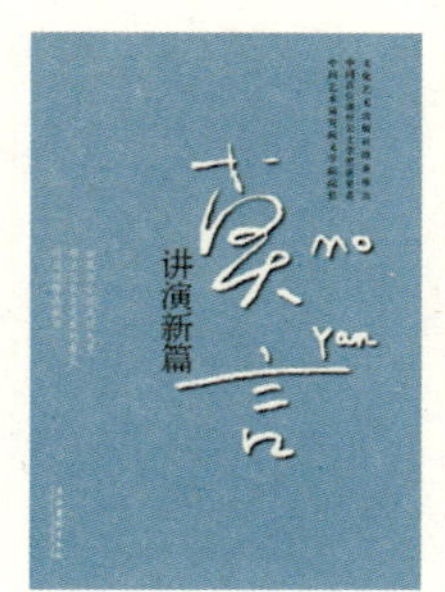

不要相信作家的传记，更不要相信作家的自传，作家所有的秘密都在作品里。

莫言获诺贝尔文学奖之后立即召开记者会，说他为什么有资格拿奖。这蛮好玩的，让我想起 1964 年法国哲学家、作家萨特[1]发表声明拒领诺奖。莫言这样做，缘于外界一些压力和质疑。

莫言该不该拿奖呢？这不是他说了算，也不是你说了算，更不是我说了算，当然是诺奖评委会说了算。一个历史这么悠久、影响力这么大的奖，它基于什么样的标准，最后决定颁给谁，自有一套传统。很多因素会被考虑进去，包括作家的性别、种族、地域，也包括

[1] 让-保罗·萨特（Jean-Paul Sartre，1905—1980），除《想象》《存在与虚无》等哲学著作外，还著有《恶心》《自由之路》《文字生涯》等文学作品。他之所以拒领诺贝尔文学奖，个人的理由是他一向谢绝来自官方的荣誉，而且认为作家获得的一切荣誉会让读者产生压力；客观的理由是他认为在冷战时期，诺贝尔奖虽不只是西方的文学奖，但事实上只授予西方作家和东方叛逆作家，他不愿接受这种带有倾向性的奖项。

政治上的考量，以及创作风格、成就等。

诺贝尔文学奖固然有名，然而全世界文学奖很多，其他很有分量的奖项莫言早已拿过。这样来看莫言获诺奖，或许比较公道。哈佛大学教授王德威[1]认为莫言获奖是实至名归，因为他的创作不论是手法还是主题，都兼具中国性与世界性，尤其是世界性这部分的得分比很多中国作家高。贾平凹的很多方言阅读起来很困难，遑论翻译。王安忆的很多主题跟老上海有关，从世界性的角度来看比较吃亏。这并不表示这些作家的作品不好，只是莫言的创作更符合诺奖的要求。早在2002年，日本诺贝尔文学奖得主大江健三郎[2]访华时，就看好莫言获诺奖。

2003年，莫言在与王尧[3]的一场对话中表态："诺贝尔文学奖是个好东西，我觉得没有必要回避。……尽管对这个奖有各种各样的评价，但它的诱惑是挡不住的。在百年的历史上，诺贝尔文学奖授给了一些伟大的作家，但也有不少得奖者经不起历史的考验，几十年后被人忘掉了，这也是正常的。……任何一个奖项都有评奖标

---

[1] 王德威（1954— ），文学评论家。台湾大学外文系毕业，美国威斯康星大学比较文学博士，哈佛大学教授。著有《被压抑的现代性——晚清小说新论》《当代小说二十家》等，与张旭东等人合编《说莫言》。

[2] 大江健三郎（1935— ），1994年获诺贝尔文学奖，著有《广岛日记》《万延元年的足球队》《个人的体验》等。1960年首度访华，2002年第五次访华时曾专程探访莫言的老家。

[3] 王尧（1960— ），江苏东台人，文学评论家，苏州大学文学院教授。著有《中国当代散文史》《莫言王尧对话录》（2003年）等。

准，选择的标准、得奖的最根本的理由是你的作品符合了人家设奖的标准，并不完全因为你写出了最好的作品才得了奖。……诺贝尔文学奖作为一个世界范围内的文学奖，不可能把所有的好作家都容纳进去。有些好作家没来得及参评就已经去世了，有些作家本来没有这种资格却得了奖，这基本上不影响诺贝尔文学奖的权威性，因为它评出的大部分作家还是真正了不起的。”

莫言的口才非常好，很多演讲被结集出版，值得一阅。《莫言讲演新篇》收录的内容最全，有莫言的成长故事，有他对作品的看法，还有很多写作的秘密。比如他提到“用鼻子写作”：“一个作家应该有关于气味的丰富的想象力。一个具有创造力的好作家，在写作时，应该让自己的笔下的人物和景物，放出自己的气味。即便是没有气味的物体，也要用想象力给它们制造出气味。”

莫言认为有自己独特气味的小说是最好的小说，但他同时强调：“仅仅有气味还构不成一部小说。作家在写小说时应该调动起自己的全部感觉器官，你的味觉、你的视觉、你的听觉、你的触觉，或者是超出了上述感觉之外的其他神奇感觉。这样，你的小说也许就会具有生命的气息。它不再是一堆没有生命力的文字，而是一个有气味、有声音、有温度、有形状、有感情的生命活体。”“要让自己的作品充满色彩和画面、声音与旋律、苦辣与酸甜、软硬与凉热等等丰富的可感受的描写，当然这一切都是借助于准确而优美的语言来实现的。……好的小说能使痴心的读者把自己混同于其中的人物，为之爱，为之恨，为之生，为之死。”

莫言说不要相信作家的传记，更不要相信作家的自传，作家所有的秘密都在作品里。作为读者，我们应该透过作品来了解中国首位诺贝尔文学奖得主的心灵秘密。

（主讲　马家辉）

# 《透明的红萝卜》
## 选莫言什么作品入课本

以前没选是以前错了，现在不选是继续犯错。

莫言获诺贝尔文学奖之后，有出版社立即表示要将其作品编入高中语文选修教材。余华的作品早被选入课本，之前没选莫言是有点遗憾。衡量一个作家的标准，其实不在于获没获奖，关键在于作品质量。

现在大家抢着选编莫言的作品，我觉得不是跟风。美国人喜欢说“two wrongs do not make a right”（负负不得正），以前没选是以前错了，现在不选是继续犯错。

听说很多人选择莫言的成名作《透明的红萝卜》。这篇中篇小说三万多字，1985 年 3 月刊于《中国作家》[1]。此前莫言发表过一些短篇小说，并未引起太大注意。这篇小说写一个 10 岁左右的“黑

[1]《中国作家》，1985年创刊的大型文学期刊，以刊登中长篇小说和报告文学为特色。《透明的红萝卜》刊发不久后，由杂志首任主编冯牧主持召开研讨会，获得史铁生等作家的肯定，成为莫言的成名作。

孩”，生活很苦，被继母虐待，还被村里的大人当苦力使唤。唯一对他好的是比他大几岁的菊子姑娘，而她后来和别人谈恋爱，也有一些不幸遭遇。

这篇小说初步展现莫言的写作风格，但我觉得人物描写还比较生硬，人物性格还在抓典型。故事本身太现实，不够魔幻，唯有黑孩看见“金色的红萝卜”那部分稍带幻想性：“红萝卜晶莹透明，玲珑剔透。透明的、金色的外壳里苞孕着活泼的银色液体。红萝卜的线条流畅优美，从美丽的弧线上泛出一圈金色的光芒。光芒有长有短，长的如麦芒，短的如睫毛，全是金色。”

《透明的红萝卜》的故事情节未必吸引中学生，我觉得有其他作品可供选择。台湾出过莫言的短篇小说集《美女·倒立》[1]，有些作品很适合选入课本。其中有一篇《嗅味族》，讲两个小孩没东西吃，后来碰到一群怪物，怪物找来一堆美食，只用鼻子嗅走味道，然后给他们吃。小孩不敢告诉父母，觉得大人不会相信。整个故事非常奇幻，对年轻人的吸引力应该蛮大。

另一篇中篇小说《红耳朵》也蛮好玩，讲一个耳朵很大的男孩是“富二代”，成长于20世纪20年代，信仰社会主义，觉得父亲的地主身份不好，后来就把父亲的财产散出去。他去赌钱，有时故意赌输，把钱散给穷人。得到他钱的穷人后来倒了霉，因为共产党开始

[1] 2005年至2006年，台湾麦田出版公司出版“莫言小说精短系列”——《苍蝇·门牙》《初恋·神嫖》《老枪·宝刀》《美女·倒立》。

搞土地改革，他们被划成地主阶级而遭受厄运。千金散尽沦为乞丐的“红耳朵”反倒可以安然度日。

莫言还写过颇有武侠小说味道的作品《月光斩》，讲一位姑娘弄到一块蓝色的钢，拿去请铁匠父子打成一把刀。老铁匠铸刀之前，对着祖先牌位行三跪九叩大礼。“礼毕，将包裹解开，悲切切地说：列祖列宗，保佑吧！祝毕，将右手中指塞进嘴巴，咬破，在那蓝光的映照下他的血也成了蓝色，滴滴下落到那钢上，先发出叮叮咚咚的声响，仿佛珍珠落到冰上，然后又咬破左手中指，将血滴上去，又发出滋滋啦啦的声响，仿佛那钢是灼热的。铁匠的儿子们嗅到了古怪的香气，与那用荷叶包裹着的人血馒头放至灶火烧烤时的香气颇为接近。血祭完毕，那钢的蓝色浅了，淡了，不似初时那坚硬与凌厉，增添了些许温柔，与深秋时节的满月光辉有几分相似。然后，也不包扎手指，搬起那钢，如抱着一个五世单传的婴孩，塞进了熊熊的炉火之中。”

我觉得这段描写很能体现莫言的写作风格，颜色、味道、声音的感觉全融在一起。这类作品若选入高中语文课本，或许有更好的导读作用。

（主讲　马家辉）

## 《丰乳肥臀》

集合母亲最好的美德

你如果要了解我，应该看我的《丰乳肥臀》。

很多人误以为这是一本黄色小说，因为书名太耸动了。当年这本书还引发了一场轰动的“乳房与屁股”事件，回头看觉得蛮有意思，有点黑色幽默。

小说的结尾是男主人公上官金童仰面朝天躺在母亲的坟墓前，看到一个个乳房在眼前飘来飘去，“他一生中见过的各种类型的乳房，长的，圆的，高耸的，扁平的，黑的，白的，粗糙的，光滑的。这些宝贝，这些精灵在他的面前表演着特技飞行和神奇舞蹈，它们像鸟、像花、像球状闪电。姿态美极了。味道好极了。天上有宝，日月星辰；人间有宝，丰乳肥臀。他放弃了试图捕捉它们的努力，根本不可能捉住它们，何必枉费力气。他只是幸福地注视着它们。后来在他的头上，那些飞乳渐渐聚合在一起，膨胀成一只巨大的乳房，膨胀膨胀不休止地膨胀，矗立在天地间成为世界第一高峰，乳头上挂着皑皑白雪，太阳和月亮围绕着它团团旋转，宛若两只明亮的小甲虫”。

“乳房”来“屁股”去，莫言到底想表达什么呢？当然不是要挑动大家的性欲，因为“乳房”和“屁股”充满象征意义——象征人的欲望，象征人与人之间的关系，尤其是男女关系，也象征传统文化甚至是国家在很多人心中的符号意义。

莫言说他想把母亲最好的美德集合起来写。在他的笔下，母亲的美德不是相夫教子、侍奉公婆这么简单。上官鲁氏因丈夫无生殖能力，只好跟其他男人生下九个孩子，含辛茹苦把他们拉扯大。故事背景从民国一路到 20 世纪 90 年代，其中最重要的人物是她的独子上官金童。上官金童有个毛病——恋乳癖。他一辈子只想做一件事，就是到处找乳房来摸，由此引出很多跟乳房有关的奇怪故事。

这部小说 1995 年发表后，引发巨大争议。当时莫言还在部队工作，很多老干部、老作家写信投诉，对他施压。有人说我们浴血奋斗建立了一个伟大的国家，竟养出这种蛀虫。有人认为《丰乳肥臀》是反动又肮脏的文学垃圾，在几名不负责任的“名家”吹捧下得到大奖[1]。还有人感叹中国文坛竟堕落到这等地步，格调低下，非常下流。莫言被迫写了检讨，还写信让出版社不要再出这本书。今天莫言获诺贝尔文学奖，不知当年批判他的人做何感想。

---

[1] 1996 年，《丰乳肥臀》获首届大家 · 红河文学奖，奖金 10 万元。

莫言军装照

对莫言的创作来说，这部作品是一个非常重要的突破。以前他自认为不太能驾驭大场面，现在发现自己可以写得很好。这本 40 多万字的大部头小说，饱含他对母亲、国家、历史、土地、战争与和平的思考。他说："你可以不看我所有的作品，但你如果要了解我，应该看我的《丰乳肥臀》。"

（主讲　马家辉）

# 《酒国》

## 无能无奈的话语狂欢

他已将一切理想、道德都抛开，成为酒国的共犯。

在莫言诸多小说中，我一读再读的是《酒国》。我常常一边看一边笑，因为这部小说太荒唐了，有点像冯小刚的都市喜剧。然而书中又有很多血腥、恐怖的情节，看得我浑身发冷。我感觉像在洗桑拿，情绪变化激烈。

这部长篇小说有两个结构：一是省人民检察院特级侦察员丁钩儿在酒国市调查“红烧婴儿”案件，一是“莫言”（小说中的人物，也是一位作家）跟文艺青年李一斗的通信。酒国人什么都吃，最后发现最好吃的是小孩，于是女人想方设法怀孕，男人则抱亲生骨肉去卖。这明明很悲惨，可是小孩一旦卖到好价钱，父亲就对买主感激涕零。酒国市酿造学院勾兑专业博士研究生李一斗是位业余小说家，告诉“莫言”很多事，还寄作品请他推荐发表。莫言喜欢将自己写进小说，正如美国导演希区柯克[1]经常在自己的电影里扮演小角色。

---

[1] 阿尔弗雷德·希区柯克（Alfred Hitchcock，1899—1980），生于伦敦，一生拍摄超过50部电影，尤其擅长惊悚悬疑片。代表作有《后窗》《精神变态者》《西北偏北》《蝴蝶梦》等。

酒国发明了几千种喝酒方法，最有名的下酒菜是“麒麟送子”。这道菜异香扑鼻，被烹饪的男孩“盘腿坐在镀金的大盘里，周身金黄，流着香喷喷的油，脸上挂着傻乎乎的笑容，憨态可掬。他的身体周围装饰着碧绿的菜叶和鲜红的萝卜花”。无论是谁，只要尝一口这道菜，立即上瘾，道德防线崩溃。酒国人得意扬扬地说：“吃过我们酒国婴儿宴的人，有德高望重的领导人，也有世界五大洲的尊贵朋友，还有国内外大名鼎鼎的艺术家、社会名流。”最终丁钩儿吃了婴儿宴，醉死在茅坑里。他已将一切理想、道德都抛开，成为酒国的共犯。

莫言之所以写这部小说，缘于对社会现象很不满：“我们每年消耗的酒量是惊人的。虽然禁止公费吃喝的明令再三颁布，但收效甚微。只要是头戴一顶小乌纱帽，几乎天天赴酒宴。……我想中国能够杜绝公费吃喝哪怕三年，省下的钱能修一条万里长城。这又是白日梦。能把月亮炸掉怕也不能把公费的酒宴取消，而这种现象一日不绝，百姓的腹诽便一日不能止。”

直接抨击现实会有压力，于是莫言采用一种策略：借李一斗之口批判社会。他让李一斗写信告诉“莫言”种种丑恶现象，然后“莫言”教训他不要乱讲，万事要从“和谐”的角度看。莫言解释说：“小说里的故事和作家创作之间的融合，我想也是逼出来的。对社会黑暗和丑恶的现象，如果不用这种方式来处理的话，我也就没办法。现在也很难完全用这种写法。这种写法实际上就是戴着镣铐的舞蹈，反而逼出了一种很好的结构方式，结构也是一种政治。”

《酒国》呈现“文革大字报”、戏仿鲁迅小说、新闻报道等各种文体，形成语言的狂欢，表现社会的疯狂状态。对此，杨小滨[1]在《盛大的衰颓：重论莫言的〈酒国〉》一文中分析道：“正是高度的话语性使我们在野蛮面前加倍地毛骨悚然，似乎恐惧并不来自野蛮，而是来自话语的过度的文明。这里的过度必然是叙事的夸张，它揭露了主流话语的内在功能。……主流话语的伟岸风格蜕变成高调的废话、无耻的谎言，它既过于虚弱，又过于强壮：它的虚弱在于它的叙事没有能力把握客观现实，而它的强壮在于它的意识形态优势有能力感召大众。”到最后“真实的暴行在《酒国》里却变得无法捕捉：它被认知为话语性的，并且过于话语性，以至所有的人都被驱动——或更准确地说是被迷惑——到这兽行的历史中而无法自我解脱。”这似乎就是《酒国》对我们内在历史性的根本洞察。

《酒国》创作于 1989 年，这部小说在国内反应平平，后来在海外获得好评后，才开始受到重视。当时的社会状态逼着作家采取这种写法来表达心中所思，没想到逼出一个诺贝尔文学奖得主。

（主讲　马家辉）

[1] 杨小滨（1963— ），生于上海，诗人、文学评论家。复旦大学中文系毕业，耶鲁大学东亚系博士，现任台湾“中央研究院”中国文哲研究所副研究员。著有《中国后现代：先锋小说中的精神创伤与反讽》等。

# 《生死疲劳》

## 50 年历史如何轮回

每一次的投胎转世却使他记忆的方式和内容产生异化。

一看《生死疲劳》的封面和书名，我们就知道这本书非常沉重。然而莫言写得很好玩，穿插了很多具有思考性又非常幽默的话，使小说读来非常有趣。

小说从 1950 年一路写到 2000 年，主人公西门闹在土改运动中被处死，怨气冲天，堕入畜生道，先后投胎为驴、牛、猪、狗、猴重回人间。小说通过轮回的笔法，表现中国半个世纪的社会变迁以及人在不同年代的生存困境，很值得人们深思。

哈佛大学教授王德威在论文《狂言流言，巫言莫言》中，将莫言的《生死疲劳》与台湾女作家朱天文的《巫言》进行了比较。他说《生死疲劳》“写 50 年的农村社会主义革命，融入了世俗佛教的因果轮回和章回小说的下回分解，仿佛现实只是生生世世的一环，又一次故事——和历史——的开始或结束。故事中的冤鬼西门闹拒绝忘记过去的故事，但每一次的投胎转世却使他记忆的方式和内容产生异化。量变带来质变，到了小说的结尾，不该忘却的和本应记住的形成复杂网络，不断释出正史和‘大说’以外的意义。莫言似乎暗示，60年的共产革命历史并不轻易解构，但历史要如何‘解放’，不正是个历久弥新的话题？”

2008年，我有幸跟莫言去了一趟德国，在汉堡出席华文文学节。那年中国内地是莫言去，香港是我去，台湾本来是龙应台去，结果她没去。抵达德国的第一天，莫言情绪不太好，“忧郁症”发作了。通常中国人到国外，下了飞机最想做什么呢？吃一顿中餐。我带莫言去吃中国菜，他的心情才缓过来。

在汉堡开会那几天，莫言跟我讲了很多故事。我们也去各处游览，去看了易北河[1]。莫言非常激动，说他终于来了，因为以易北河为背景的小说对他影响很大。

很多当地的出版社找到莫言，想翻译和引介他的作品。我记得在一个重要的聚会上，莫言是演讲嘉宾。在他演讲之前，一些学者讨论阅读《生死疲劳》的感受，因为文学观点不同，发生了一个小小的冲突，有人当场拍桌子站起来走人。莫言跟我在旁边坐着，完全听不懂德文，目睹这种场景觉得蛮尴尬。我觉得莫言很厉害，他坐在那儿，脸上保持笑容，还不忘讲笑话，说他十几年前第一次来德国学过德语，结果只记住五个单词，其他的全忘记了。

（主讲　马家辉）

---

[1] 易北河（Elbe River）发源于捷克和波兰交界的苏台德山脉，全长1165公里，约1/3流经捷克，2/3流经德国，最后经汉堡流入北海。

# 《众声喧哗》

## 在喧闹中无声呼吸

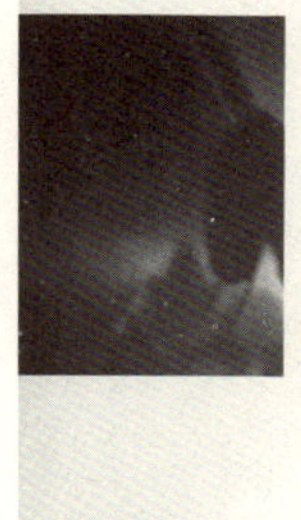

王安忆（1954— ），作家。曾任杂志编辑，现任复旦大学中文系教授、中国作家协会副主席。代表作《长恨歌》获茅盾文学奖。

这些话表面上是连贯的，但是底下呢？底下的意思是什么？

据说《众声喧哗》一上市就很畅销，王安忆认为可能是因为莫言得了诺贝尔文学奖，大家又开始关注中国当代文学了。相较而言，莫言的文字比较热闹，王安忆则向来比较安静。可是《众声喧哗》这本小说集有了点变化，王安忆的语言比她以前的作品更自由，也更具流动性。

这是一本非常奇怪的小说集，以中篇小说《众声喧哗》为主，外加六篇不像小说的短篇小说——《爱套娃一样爱你》《释梦》《林窟》《恋人絮语》《闪灵》《游戏棒》。这些文章也不太像散文，而是一种无以名之的、更自由的书写。最近几年，王安忆的写作越来越不被情节所束缚。《众声喧哗》的情节非常简单，讲述一个老人与两个年轻人交往的故事。主人公欧伯伯几十年来住在上海一幢老房子里，自老伴去世后，便在自家汽车间里卖纽扣以打发日子。很少有人来光顾他的纽扣店，但这种无聊的小买卖给他寂寞的生活带来一些涟漪。比如对面小区有个保安经常过来坐坐，有时说说话。保安小名叫囡囡，30 多岁，高大英俊，神情却像一个羞涩的小男孩。

保安囡囡自幼口吃，而欧伯伯因为得过脑梗塞，落下说话不利索的后遗症。王安忆着重写这两个有语言障碍的人如何交流："年轻保安自己说话上的毛病，使他也不好批评别人，所以他宁可认为欧伯伯自有一套语言方式，而他竟然能够听懂。一片含混不明的语音，突然间，有几个字爆发出来，在他听来，是有振聋发聩的效果，其中藏着大道理！他专注地听着，欧伯伯因此也变得话多。……在欧伯伯长篇演讲的过程中，'囡囡'也会作出回应，'就是讲呀！'甚至于，在比较特殊的情况下，他会大胆地与欧伯伯讨论。"

在一个语言能力退化的老人面前，年轻的保安忘记了因口吃带来的自卑："他吃吃吃地与欧伯伯辩着，欧伯伯连连摇头，脸上带着宽容的微笑，笑他见识浅。到底年轻，吃盐没他欧伯伯吃的饭多。至于说话不连贯，这有什么呢？可以这样说，也可以那样说，说话不过就是一些声音，重要的是声音底下的用心，声音本身并没有多大的意义。"

纽扣店有部公用电话，偶尔会有人来打电话，顿时语声喧哗。打电话的人兀自说着，言语流利穿行，简直如金蛇狂舞，"树叶间的光斑在地面上弹跳，就像那金蛇身上碎下来的鳞片，闪闪烁烁！这人怎么说得那么多，那么快，那么意兴盎然！这些话表面上是连贯的，但是底下呢？底下的意思是什么？有什么意思？不都是废话嘛”！欧伯伯和年轻保安在一旁摇头，“感觉比方才寂阔的时分更加无聊了”。

《众声喧哗》里的声光描写很动人：“汽车穿刺过雨幕，带起成片的水浪，道路上已经积水。转眼间，成了个白茫茫的水世界。天地间被雨声充满，由于密集就变得无声，积水在窨井口无声地打旋，打旋，忽然‘咕咚’一响，咽进去，又抽噎几声。路灯提前亮起来，灯光被水雾洇染开，一团一团的，就有了夜色。有一阵子，天光又明亮起来，就像晨曦降临，其实是雨和云后面的夕照。雨丝被映照成淡金色，从地上溅起的是金珠子，路灯反倒不显亮了。还是无声，汽车悄然穿行，人张开嘴悄然地叫喊，一个个都是落汤鸡，羽毛贴在身上。这一阵明亮过去，就迅速地黑下来，路灯倏地跳出来，车灯划开，水在窨井周围打着旋，不肯下去，于是，那‘咕咚’一声也没有了，也被囊入万籁俱寂之中。”王安忆试图通过一个很安静的故事，去呈现一个城市丰富的声音、光线的肌理以及某些角落里被遗忘的人群。

（主讲　梁文道）

## 《河岸》

### 历史是无解之谜

苏童（1963— ），苏州人，作家。北京师范大学中文系毕业。著有《妻妾成群》《红粉》《米》等，多部作品被改编成影视剧。

人在那种社会环境下会遭遇谜一样的东西，一切都是不确定、不稳定的。

我以前不知道什么叫特型演员，后来了解国情多了，才知道这种演员专门饰演历史上真实的领袖人物。大家一般对这种演员怀有某种好奇和崇敬，仿佛他身上笼罩着神圣的光环。这种光环来自哪里？曾经笼罩一切的政治文化。对于这种文化，苏童在长篇小说《河岸》里描写得相当精到。

《河岸》2009 年获曼氏亚洲文学奖[1]，这是亚洲近几年才颁发的一个文学奖项，有点类似英国老牌的布克奖[2]。苏童是我很喜欢的作

[1] 曼氏亚洲文学奖（Man Asian Literary Prize），2007 年设立，由英仕曼集团（Man Group）赞助。除苏童外，另有两位中国作家的作品获此奖：姜戎《狼图腾》（2007 年）和毕飞宇《玉米》（2010 年）。

[2] 布克奖（Man Booker Prize），1969 年设立，被誉为当代英语小说界的最高奖项。最初由英国食品供应公司布克（Booker McConnell）赞助，2002 年改由英仕曼集团赞助，奖项名称由“Booker Prize”改为“Man Booker Prize”。获奖作品几乎成为“最好看的英语小说”的代名词，约有 1/3 被改编成影视剧，如《辛德勒的名单》《英国病人》等。

家，我也很欣赏《河岸》。有人觉得苏童近些年的作品不太出色，比如《碧奴》，但苏童自认为《河岸》是他历年来最重要的一部作品。

这部小说的结构非常匀称完整，很多题材被精密地嵌入其中。故事背景设定在“文化大革命”时期，那个时代的主题大家都想象得到，比如政治运动对家庭关系的破坏、对人性的扭曲、对命运的改造等。有些作家写这类题材很难摆脱前人的窠臼，故事结构往往会变得很死很硬。好在苏童开了一道“河流”的口子，长期处于不稳定状态的河流给小说冲刷出一抹神奇与诗意的色彩。

故事讲述一对父子在“文化大革命”中的遭遇。主人公库文轩据说是女烈士邓少香的儿子，是一个光荣的革命烈属。邓少香是凤凰镇人，去油坊镇执行任务时被国民党宪兵绞杀了。当时她的儿子被装在箩筐里，有位宪兵把箩筐放在河边码头的台阶上，希望被河上的船民捡去收养。晚潮冲走了箩筐，一个河匪把婴孩从水中捞起，送进了孤儿院。解放后，河匪根据孩子屁股上的鱼形胎记，指认库文轩为邓少香的儿子。

由于继承了革命烈士的血统，库文轩成了油坊镇的书记，风光一时。后来有个烈士遗孤鉴定小组来调查，怀疑他不是“红色血统”，反倒可能是河匪的私生子。库文轩从此身败名裂，妻子跟他离婚决裂。他带着儿子自我放逐到金雀河上的船队里，至死都未踏上陆地半步。河水像历史一样浑浊，不知从哪里来，也不知流向何处。库文轩的血统也像河水一样浑浊，不断地被冲刷和质疑。在那个年代，血统可以导致一个人的社会地位、人生际遇发生翻天覆地的变化。

库文轩与妻子乔丽敏的结合颇像政治婚姻。乔丽敏长相漂亮，以前在文宣队唱歌跳舞，可惜因为是屠户出身，只得“屈尊”嫁给了矮她半头的库文轩。他们的儿子库东亮说：“我父母的恋爱，与其说是恋爱，不如说是发现，是一次互相发现，父亲发现了母亲的美貌和才华，母亲发现了父亲的血统和前途。”在库文轩的身世遭到质疑之后，乔丽敏一下子崩溃了，懊悔自己竟然嫁了一个“坏血统”的男人！

库文轩此前仗着革命烈属的光辉和手中的权势偷偷乱搞男女关系的问题，这时候也一并暴露出来。乔丽敏仿照工作组的模式，将卧室开辟成隔离室，天天审问丈夫的生活作风问题，闹得鸡犬不宁。库东亮发现：“母亲的审查通常在夜里七点过后，有线广播里《社员都是向阳花》的音乐响起来，母亲就进了卧室，她打开上锁的梳妆台抽屉，拿出她的圆珠笔和工作手册，对着外面喊，库文轩，你进来！我父亲有一次赖在茅房里不肯进卧室，母亲让我去敲厕所的门，你去，快去把他拉出来！我不肯去，她自己去了，拿了把扫帚，用扫帚柄捅厕所的门，捅了好久，父亲终于被她捅出来了，打开门，弯着腰从扫帚下穿过，他大叫一声我受不了啦，准备朝院门外逃跑，我母亲在后面发出一声尖利的冷笑，看着他跑。父亲跑到门边站住了，回头看着母亲，我什么都说了，没什么可交待的了，我要出去散散心！母亲用扫帚指着他，严厉地说，你开门，你出去散心呀，睁开你的眼睛，好好看一看，看看油坊镇上还有没有你散心的地盘！”最后这句话切中要害，库文轩只好驯顺地进卧室接受审问。

库氏父子后来落户到金雀河上的向阳船队，在那里苟且偷生。这个船队有 11 户人家，家家来历不明，历史都不清白。他们都是社会边缘人，很少上岸，不太清楚岸上发生的事情。“文化大革命”时期的很多社会改造工程，他们只是隔岸观看。库东亮说：“岸上高音喇叭里的歌声无论怎样激昂，我听见前半句，后半句就被河风吹掉了。我在船头看河两岸的风景，看了左边的麦田就忘了右边的集镇，分不清船队刚刚经过了什么地方。河两岸的景色日新月异，可我的目光过于仓促，我的思维失之于片面，这注定我对岸上的社会主义建设成就是一知半解的。船过养鸭场，远远可见一群工人在河滩上打桩挖掘，我不知道那是胜利水电站的雏形，以为养鸭场要扩建鸭棚呢，我心里还嘀咕，连我在岸上都没个家，怎么鸭子就那么受重视呢？”

“河上”是一个边缘化的视角，对主流社会的动态一片模糊。这种模糊感灌注于整部小说之中，包括主人公的身世以及每一个人物的命运。写“文化大革命”如果只是意在讽刺或者刻画荒谬，并不太难做到，很多作家都尝试过，然而苏童试图告诉我们，人在那种社会环境下会遭遇谜一样的东西，一切都是不确定、不稳定的。

苏童有时会用一种很舒缓、很诗意的笔调去给残酷的现实涂抹出一层超现实的色彩。比如库文轩每年会在清明节和 9 月 27 日举行水祭，每逢这时库东亮就会产生幻觉，感到女烈士的英魂正在河上哭泣，“她伸出长满苔藓的手来，拖曳着我们的船锚，别走，别走，停下来，陪着我。秋风放大了船锚敲打船壁的声音，那是女烈士留给我们父子的密语，她的英魂在秋风中显得脆弱而感伤”。他喜欢女烈士的幽魂在春风中造访他们，“她黎明出水，沐浴着春风，美丽而轻盈，从船尾处袅袅地爬上来，坐在船尾，坐在一盏桅灯下面。从后舱的舷窗里，我多次看见过一个淡蓝色的湿润的身影，端坐不动，充满温情，那些四月的早晨，我一醒来就去船尾察看女烈士留下的痕迹，她留下了一摊摊晶莹的碎珠似的水迹，还有一次，桅灯下竟然出现了一朵神奇的湿漉漉的红莲花”。

有一次库东亮上岸帮父亲买绢纸，店主跟他说，回去告诉你爹，不用在船上朝凤凰镇三鞠躬了，因为新发现邓少香不是凤凰镇人，而是逃难到凤凰镇的孤儿。库东亮说，原来她也来历不明，那我爹该朝哪个方向鞠躬呢？店主说，哪个方向都不用他鞠躬了，邓少香烈士是个谜，你爹也是个谜，历史是个谜你懂不懂？

《河岸》充满了谜题，苏童却不用推理的方式去寻找答案，只留给我们一个沉重的结局。库文轩一直被革命烈属的疑团压着，最后他做出一个壮烈的决定：背着邓少香的烈士纪念碑投河自尽。

（主讲　梁文道）

## 《我与地坛》

### 写作是为了活着

史铁生（1951—2010），作家。生于北京，1969年赴延安插队，1972年因双腿瘫痪回京，1981年患肾病在家疗养，2010年突发脑溢血逝世。著有《务虚笔记》《病隙碎笔》等。

*只是因为我活着，我才不得不写作。*

我们有时候会将某位作家跟某个地点捆绑在一起，一想到这个地方就想起这位作家，比如北京地坛会让人想起史铁生。无论在小说还是散文里，史铁生屡屡谈及地坛。为什么这个地方在他的生命里如此重要？在《我与地坛》这本散文集里，他给出了一些答案。

1972 年，21 岁的史铁生因双腿瘫痪，从插队的延安回到北京。失魂落魄的他有一天下午摇着轮椅进入地坛，从此风雨无阻地在园里逛了 15 年。他说："在人口密聚的城市里，有这样一个宁静的去处，像是上帝的苦心安排。"他在作品中常常提到"上帝"，很多人因此揣测他的宗教信仰。但在我看来，他笔下的上帝并非指任何一个宗教的上帝，而是含有天意的意思。

双腿残废之后，史铁生很多年找不到人生的出路，一天到晚耗在地坛里。他说："设若有一位园神，他一定早已注意到了，这么多年我在这园里坐着，有时候是轻松快乐的，有时候是沉郁苦闷的，有时候优哉游哉，有时候恓惶落寞，有时候平静而且自信，有时候又软弱，又迷茫。其实总共只有三个问题交替着来骚扰我，来陪伴我。第一个是要不要去死，第二个是为什么活，第三个，我干吗要写作。”

史铁生经常一连几小时专心致志地思考生与死的问题，想了几年终于明白了：“一个人，出生了，这就不再是一个可以辩论的问题，而只是上帝交给他的一个事实；上帝在交给我们这件事实的时候，已经顺便保证了它的结果，所以死是一件不必急于求成的事，死是一个必然会降临的节日。”

既然看穿了死是一件无须着急去做的事，那么剩下的问题便是如何活下去。人在这个世界上的命运，在史铁生笔下总是命定的、无可置疑的。在这种处境下，人应该怎么活？人如何为自己找到一个方向？由于带着这些思考，很多人认为史铁生的作品带有浓厚的存在主义色彩。

写作的意义是什么？有些人说，写作是为了负起社会责任，文学应该在人类生活中发挥了不起的作用。我觉得这种说法太粗浅自大。当我们把写作的目的说得太高尚，就很容易堕入一种陷阱：你自以为写了一些对社会负责的东西，于是你给自己鼓掌，甚至因此骄傲起来，渐渐偏离了原先设定的目标。比如你说是为了人类、国家、民族而写作，其实往往到最后，你只是为了让自己感觉良好。这是一种自大，一种自恋，一种骄傲。

对史铁生而言，既然决定好好活下去，就要一直写下去。他带着纸笔在地坛找了一个最不为人所打扰的角落，偷偷地写作。为什么要写作呢？因为“作家”是个被人看重的字眼，“为了让那个躲在园子深处坐轮椅的人，有朝一日在别人眼里也稍微有点儿光彩，在众人眼里也能有个位置，哪怕那时再去死呢也就多少说得过去了”。

史铁生的写作常给人一种感觉：小说像散文，散文像小说。尤其是他的小说很像散文，因为他总是忍不住把自己放进去，甚至出来评论一番。他的目光无处不在，却又不会写得太突兀。他的叙述力求安静、平稳、干净，文笔有时留有时代印迹，有些修辞已不太新鲜。

逛地坛 15 年，史铁生与很多人擦肩而过，其中有一个喜欢长跑的朋友跟他交流最多。那个朋友因在“文化大革命”中出言不慎而坐了几年牢，出狱后好不容易找到一份拉板车的工作，样样待遇都不能与别人平等，苦闷极了便练习长跑。“他盼望以他的长跑成绩来获得政治上真正的解放，他以为记者的镜头和文字可以帮他做到这一点。第一年他在春节环城赛上跑了第十五名，他看见前十名的照片都挂在了长安街的新闻橱窗里，于是有了信心。第二年他跑了第四名，可是新闻橱窗里只挂了前三名的照片，他没灰心。第三年他跑了第七名，橱窗里挂前六名的照片，他有点儿怨自己。第四年他跑了第三名，橱窗里却只挂了第一名的照片。第五年他跑了第一名——他几乎绝望了，橱窗里只有一幅环城赛群众场面的照片。”

这位运气不佳的朋友经常和史铁生一起在地坛待到天黑，开怀痛骂，骂完沉默着回家，分手时再互相叮嘱：先别去死，再试着活一活看。最后一次参加环城赛，他以 38 岁高龄又获得第一名，并打破纪录。有一位专业队的教练跟他说：“我要是十年前发现你就好了。”他苦笑了一下，没说什么，只是傍晚又去地坛找史铁生，平静地叙说这件事。

两个失意的人在地坛里分享着人生境遇，一个玩命跑，一个玩命写。当史铁生小有名气之后，他完全为了写作而活着，越来越害怕自己文思枯竭。他发现自己成了写作的人质，“当一名人质实在是太累了太紧张了，太朝不保夕了。我为写作而活下来，要是写作到底不是我应该干的事，我想我再活下去是不是太冒傻气了？”有一天，他说自己不如死了好。一个朋友劝道，你不能死，你还得写呢，还有好多好作品等着你去写呢。这时他忽然明白了：只是因为我活着，我才不得不写作。活着不是为了写作，而写作是为了活着。

早在 1985 年，史铁生就写出了著名的短篇小说《命若琴弦》，里面饱含对生命的感悟。一个老瞎子带着小瞎子挨村挨寨地弹三弦琴说书，老瞎子的师傅临终前跟他说，这把三弦琴的琴槽里藏着一张药方，等你用心弹断一千根弦的时候，你拿着它去抓药就能治好眼睛。师傅跟他说：“记住，人的命就像这琴弦，拉紧了才能弹好，弹好了就够了。”老瞎子满怀希望地弹琴，终于在 70 岁那年弹断一千根琴弦，结果发现所谓药方其实是一张无字的白纸。老瞎子的心弦断了，就像一根不能拉紧的琴弦，再难弹出赏心悦耳的曲子。这时候小瞎子因为失恋而心灰意冷，老瞎子决定把这个“药方”继续传下去，用善意的谎言来激发徒弟的生命活力。因为人生若无目标，你就找不到活下去的理由。

（主讲　梁文道）

# 纯真博物馆

## 《天真的和感伤的小说家》

### 摆渡真实与幻觉

奥尔罕·帕慕克（Orhan Pamuk，1952— ），土耳其作家，2006年诺贝尔文学奖得主。生于伊斯坦布尔，曾在大学主修建筑，1974年开始写作生涯。著有《我的名字叫红》《雪》《寂静的房子》等。

小说家明明是在讽刺社会现实，但在政治的高压下，他们又会特别强调这些只是虚构，如有雷同，纯属巧合。

莫言是首位获得诺贝尔文学奖的中国籍作家，此前还有一位法籍华裔的得奖作家叫高行健[1]。莫言得奖的消息出来之后，引发了很多争议。简单来讲，这些争议大多围绕着政治与文学的关系来谈，比如 2009 年法兰克福书展中国作为主宾国时，莫言怎样跟外国记者谈论中国的状况等。

其实，最近十几年因为政治原因引起争议的诺贝尔文学奖得主不在少数，比如 2006 年诺奖得主、土耳其小说家奥尔罕·帕慕克。他本来在土耳其是位很受敬重和欢迎的小说家，后来写文章、做访谈犯了禁忌，蹚进政治这汪浑水。他谈到奥斯曼帝国在一战期间曾经屠

[1] 高行健（1940— ），生于江西赣州，法籍华裔作家、画家、导演。1962 年毕业于北京外国语学院法语专业，1987 年移居法国，1997 年加入法国国籍，2000 年获诺贝尔文学奖。著有长篇小说《灵山》《一个人的圣经》等。

杀亚美尼亚人[1]，而这件事情长期以来被认为是土耳其历史上一个需要被抹除的阴暗记忆。他还在小说里写到土耳其政府怎样对待库尔德人，公开挑战当局底线。虽然土耳其是伊斯兰世界最西化、最开放的国家，但仍有相当多的禁区。帕慕克因此被告上法庭，其中一个相当严重的罪名是“侮辱土耳其”。

打官司的过程中传来帕慕克获诺贝尔文学奖的消息，土耳其政府很尴尬：真的要抓这位诺奖得主去坐牢吗？土耳其文化部长在回答外国记者采访时很巧妙地说，帕慕克先生是我们土耳其文学的代表，是我们最优秀的作家，对于他的获奖我们感到非常荣幸，至于他跟我们政府之间的争议，众所周知，所有伟大作家在政治上都跟自己的政府持不同看法，希望大家能够理解这一点。

后来这个控诉好像不了了之，没有下文了。但双方矛盾依然存在。2008 年法兰克福书展主宾国是土耳其，帕慕克作为国宝级作家当然要去，土耳其总统也去了。在开幕式演讲时，帕慕克盯着坐在台下的总统，说着说着就开始批评土耳其的审查制度，大谈政府对书籍、电影的审查非常过分……他的语调很平静，但言论很激烈，搞得总统脸上一阵难看。

---

[1] 1915 年 4 月 24 日，奥斯曼帝国一夜间拘捕数百名亚美尼亚知识分子和社区领袖，随后对东部诸省进行扫荡，并于 5 月底下令将亚美尼亚族裔遣送至叙利亚和美索不达米亚的沙漠地带，至 1923 年共计导致 150 万亚美尼亚人死亡。这一事件被很多国家认定为灭绝种族的大屠杀，但 1923 年成立的土耳其共和国一直矢口否认。

2012 年中国内地翻译出版了一本帕慕克的小书《天真的和感伤的小说家》，里面也谈到很多跟政治有关的事，但我在此想谈的是他对文学的见解。这本书是他在哈佛大学诺顿讲座[1]演讲的结集，谈自己写小说、读小说的一些心得。诺顿讲座是全世界最有名的人文科学讲座之一，邀请的全是艺术文化界的巨星。每个演讲人都会非常认真地准备讲稿，讲完之后稿子直接拿去出书，比如斯坦纳[2]的《大师与门徒》。坦白讲，帕慕克讲的东西可能比不上之前的一些大师，比如卡尔维诺[3]的《新千年文学备忘录》简直是经典，不过他仍有一些很独特、很有趣的观点。

帕慕克谈到一种写法，我觉得很多第三世界国家的读者可能会有共鸣。他说虚构文学是西方产物，所谓“小说是虚构的”这一观点未必会被许多第三世界国家的读者所领会和接受。这并不是说第三世

[1] 诺顿讲座（Norton Lectures）始创于 1925 年，是哈佛大学为纪念艺术史教授诺顿（Charles Eliot Norton，1827—1908）而设立的诺顿诗学教席（Norton Professorship of Poetry）的受聘教授发表的年度系列讲座。这个讲座通常为六讲，邀请建筑、音乐、绘画等领域最杰出的艺术家为演讲人，其中文学方面最为人所熟知的作家包括 T. S. 艾略特、博尔赫斯等。讲座水准之高，以至于通常讲座结束之后，讲稿直接出版成书。

[2] 乔治·斯坦纳（George Steiner，1929— ），文学批评家。生于巴黎，1944 年加入美国国籍。曾任教于剑桥大学，2001 年获选哈佛大学诺顿讲座教授。

[3] 伊塔洛·卡尔维诺（Italo Calvino，1923—1985），意大利作家。以奇特和充满想象的寓言作品著称，著有《分成两半的子爵》《树上的男爵》《不存在的骑士》等。1984 年接到哈佛大学诺顿讲座的邀请之后开始思索讲稿，1985 年 9 月在演讲前夕突发脑溢血去世，遗稿《新千年文学备忘录》被誉为 20 世纪最雄辩的文学辩护书。

界国家没有自己的虚构文学传统，而是说读者总是倾向于把某些虚构的东西当成真的。

在现代小说传统兴盛的西方国家，如果一本小说用第一人称单数“我”来叙述，读者很清楚这个叙述者绝对不等同于作者本人。好玩的是，这样一个虚构传统到第三世界国家之后发挥了一个妙用。帕慕克以自己在土耳其的经历为例，说很多小说家明明是在讽刺社会现实，但在政治的高压下，他们又会特别强调这些只是虚构，如有雷同，纯属巧合。

帕慕克借用德国诗人席勒一篇文章的标题《论天真的诗和感伤的诗》来定义这本演讲集的主题。“天真的”指的是像歌德那样的作家，你觉得他写东西好像不经雕琢，一切信手拈来，自然流露；若拿中国诗人来比较，大概就是李白。另一种作家则是“感伤的”。请注意，德文这个词还包括一重跟英文“sentimental”不一样的意思，指一种忐忑不安、反复思量的状态。这种作家总是在琢磨这个词用得对不对、这个词放在此处恰不恰当、怎么样经营意象等；若以中国诗人举例，可能就是杜甫。

同样地，帕慕克认为小说的读者也大致分为“天真的”和“感伤的”两大类。很多读者读小说时越读越卷入其中，不知不觉就把故事全部当成真的，以至于见到作者本人会问，这些是不是真的在他身上发生过。我们一般会觉得这种阅读方式很不上道，是一个没有经过训练的幼稚的读者，或者本书所讲的“天真的读者”，会对小说信以为真。

另一种读者则非常老到，熟悉各种虚构文学的叙事技巧，甚至读过不少文学理论，以至于边读边分析小说里面的各种技巧。这有点像看电影，假如你是一般的观众，会被剧情吸引，被演员的漂亮脸蛋吸引，跟着他们往下走；假如你是一个训练有素的观众，你会看到剪辑的逻辑、配乐合不合宜、镜头角度的不同等等。

帕慕克如何看待这两类对立呢？他的答案是，小说的乐趣在于总是让读者在这两端之间矛盾纠缠，而这正是小说魅力的核心。他的一个朋友是很有名的文学教授，有一次他们散步经过一个地方，朋友说："你不就住在这儿吗？"为什么这么说呢？因为帕慕克小说里的叙事者说他住在这儿。可见连文学教授有时候都会觉得小说真的是在谈作者亲身经历过的事。

小说家写的东西完全真实，那是不可能的，但是完全虚构也不可能。到底小说家在小说里创造的是什么呢？帕慕克的说法是，小说家是在利用小说里所有的素材为自己经营另外一种人生，让自己好像很真实地过着另一个人的生活，进入另一个世界似的，这个世界要真实到让读者相信它是真实的为止。

帕慕克说他少年时曾如饥似渴地阅读欧洲小说，可是小说里提到的一些物品他不懂，常常会限制他对小说的理解。一般人以为相较人物性格、情节发展而言，小说里出现的物品不那么重要。真的吗？

大家想想看，假如你不知道普鲁斯特[1]笔下的马德莱娜蛋糕是什么，将会对你的阅读造成多大障碍啊！帕慕克认为小说的故事其实总是要围绕很多物品来发生，比如街上的马车、餐桌上的小糕点、壁炉上的小摆饰等，这些物品并非不重要。

在帕慕克看来，小说的缺陷在哪儿呢？用哲学讲法就是“saying”（说）与“showing”（展示）的区别：小说能说出来，但是没有办法展示出来，不能让一个活生生的物品呈现在你眼前，使你看得见、听得见、闻得到、摸得着甚至舔得到它上面铁锈的味道。他认为博物馆对小说而言是一个可以对照、弥补、展示、使之物象化的系统，而小说保留的则是我们对于这些物品的组织方式，以及我们日常生活说话的一些方式，比如19世纪末的人日常说话的语调、口吻、俗语等。这些东西不在任何典籍中记载，只在小说中保留，恰如博物馆保留物品一样。那么，有没有一部小说既能展示物品，又能诉说围绕着这些物品的故事呢？有，那就是帕慕克的另一本杰作《纯真博物馆》。

（主讲　梁文道）

[1] 马塞尔·普鲁斯特（Marcel Proust，1871—1922），法国小说家、意识流小说大师。自幼患有哮喘病，青年时期因健康问题放弃工作，闭门写作。马德莱娜蛋糕（madeleine）是法国一种传统甜点，贝壳形。在长篇巨著《追忆似水年华》里，普鲁斯特用它来唤起无意识回忆。

# 《纯真博物馆》

## 纯真不再，记忆犹在

为一部爱情小说建一座博物馆，意义何在？

《纯真博物馆》是奥尔罕·帕慕克花 10 年时间酝酿的杰作，是他“最柔情”[1]的小说，2008 年出版后大受欢迎。帕慕克在构思这部小说的同时，竟然在伊斯坦布尔修建了一座真实的纯真博物馆[2]，馆址正是小说女主人公芙颂的家。

有人形容说，《纯真博物馆》是土耳其版的《洛丽塔》。这部厚达 500 多页的小说，故事其实非常简单，甚至有点老套，可是碰上帕慕克这种讲故事的高手，一个平淡到几无情节可言的故事被叙述得相当动人。

1975 年，30 岁的“富二代”凯末尔在订婚前一个多月，疯狂爱

---

[1] 这是帕慕克获诺贝尔文学奖之后推出的首部长篇小说。他在接受采访时说：“这是我最柔情的小说，是对众生显示出最大耐心与敬意的一部。”

[2] 纯真博物馆（Masumiyet Müzesi），一幢建于1894年的三层红色小楼，坐落于伊斯坦布尔楚库尔主麻街（Cukurcuma neighborhood）24 号。该馆 2012 年 4 月开馆，帕慕克任馆长。展品共 1000 余件，依小说的故事线陈列，83 个展区对应 83 个章节。

上 18 岁的远房亲戚芙颂。当他与一位名媛订婚后，芙颂从他的生活中消失了。他悔婚，遍寻芙颂。重遇芙颂时，这位漂亮姑娘已为人妇，主动邀请他去家里吃饭。原来芙颂嫁给一个满脑子电影梦想的年轻导演，但没人愿意资助他，她希望凯末尔去做投资人。此后八年，他经常去芙颂家吃饭。最后芙颂意外身亡，他终生沉浸于对这段爱情的回忆之中。

凯末尔晚年说他一生过得很幸福，与小说第一段遥相呼应："那是我一生中最幸福的时刻，而我却不知道。如果知道，我能够守护这份幸福吗？一切也会变得完全不同吗？是的，如果知道这是我一生中最幸福的时刻，我是决不会错失那份幸福的。在那无与伦比的金色时刻里，我被包围在一种深切的安宁里，也许它仅仅持续了短短的几秒钟，但我却在年复一年中感到了它的幸福。"他与芙颂短暂的欢爱，成为永久的幸福记忆。

这本书最独特之处不在于如何写感人的爱情故事，而是作者构思小说的方式。很多年前，帕慕克在伊斯坦布尔楚库尔主麻街买了一幢窄小的老楼，后来改建成一座小型博物馆。这条街区有点像北京潘家园、香港摩罗街，帕慕克经常在那里逛旧货市场，有时收集回来一件东西，就将其编织进小说。因此，《纯真博物馆》每一章节都有特征鲜明的物品。

小说中最重要的一件物品是芙颂的烟蒂。凯末尔说："从芙颂消失那天算起，339 天后，我终于再次见到了她。这之后的整整七年十个月，我为了看芙颂、吃晚饭去了楚库尔主麻。其间一共是 2864

纯真博物馆

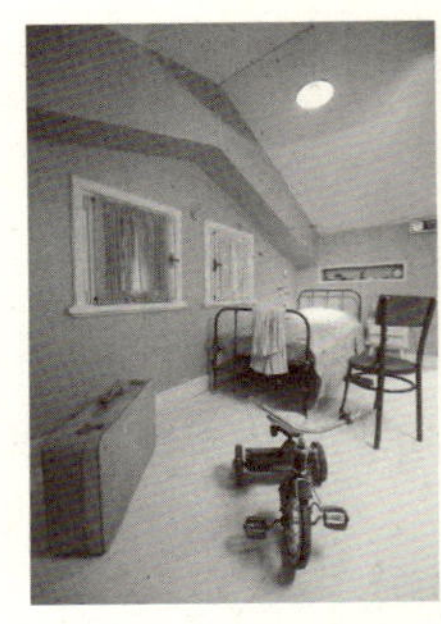
纯真博物馆内凯末尔房间

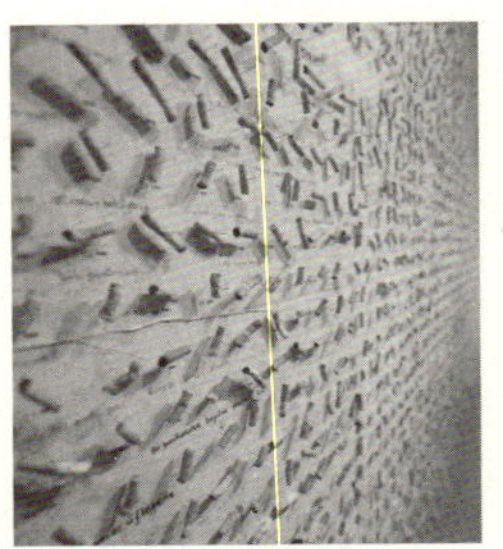
纯真博物馆馆藏烟蒂

纯真博物馆馆藏盐瓶

天，409 个星期，去了他们家 1593 次。在我去芙颂家吃晚饭的八年时间里，我积攒了芙颂的 4213 个烟头。”

凯末尔搜集爱情生活中的一切物品。他说：“我爱芙颂，也爱她爱过的，甚至是触碰过的一切。我悉数收集起那些盐瓶、小狗摆设、顶针、笔、发卡、烟灰缸、耳坠、纸牌、钥匙、扇子、香水瓶、手帕、胸针……将它们放入了自己的博物馆。我建成了一座‘纯真博物馆’。这里就是我的家，能依恋着这些浸透了深切情感和记忆的物件入眠，还有什么比这更美好的呢？‘纯真博物馆’中所有物件的故事，就是我对芙颂的爱情故事。”

读者只能去想象凯末尔的“纯真博物馆”，而帕慕克修建的纯真博物馆真实可见。为一部爱情小说建一座博物馆，意义何在？其实，这部小说并非单纯的爱情故事，而是对一座城市的爱恋。像当年写《伊斯坦布尔：一座城市的记忆》那样，帕慕克深情地关注着伊斯坦布尔的种种变迁，将那些已经消失的日常生活用品用文字呈现出来，比如老旧的报纸广告、早已停产的汽水瓶等。

当然，这么做还有一个更宏大的主题。虽然帕慕克很少提到德国哲学家瓦尔特·本雅明[1]，但我觉得他们的心灵是相呼应的。本雅明也喜欢搜集物品，用来展示一个国家刚刚迈入消费社会时，人们面对新东西的欲望与困境。在《纯真博物馆》里，我们也能看到 20 世纪 70 年代土耳其越来越西化时，人们接触外来物品的渴望与困惑。

至于书名为何叫《纯真博物馆》，我想不仅因为爱情是纯真的，当一个国家处于前消费主义时代，那种对物质粗糙的、笨拙的、幼稚的态度也是纯真的。帕慕克为那样的年代写了一部小说，为那样的年代建了一座博物馆。

（主讲　梁文道）

[1] 瓦尔特·本雅明（Walter Benjamin，1892—1940），德国文学评论家、哲学家，法兰克福学派代表人物之一，喜爱收藏旧玩具、邮票、明信片、仿真缩微景观等。著有《单行道》《技术复制时代的艺术作品》等。

## 《白色城堡》

### 你不是你，我不是我

人是可以被取代的，只要你把自己的故事和盘托出。

奥尔罕·帕慕克在中国最有名的作品是历史小说《我的名字叫红》(1998年)。但不少人认为，另一本更早的小说《白色城堡》(1985年)的艺术成就高于《我的名字叫红》，虽然后者更为有名。这类评论一直存在争议，但可以确定的是《我的名字叫红》中有些主题在《白色城堡》中早已探讨过。

17世纪的地中海，强权兴衰更替。过去称霸一时的威尼斯已日薄西山，如日中天崛起的是奥斯曼帝国[1]。《白色城堡》的故事就设定在这一历史背景下。一艘威尼斯船只被土耳其舰队俘虏，其中有位年轻人受过良好教育，热爱科学文化知识。他在伊斯坦布尔沦为奴隶后，被人当成礼物送给一位名叫霍加的土耳其学者。主奴二人不仅

[1] 奥斯曼帝国(Ottoman Empire，1299—1922)初居中亚，后迁至小亚细亚，1453年消灭东罗马帝国后，定都伊斯坦布尔(原名君士坦丁堡)。16世纪极盛时，势力达欧、亚、非三大洲，控制西欧与东方的通道。

相貌酷似，而且都酷爱学问，经常在一起探讨各种知识，诸如博斯普鲁斯海峡（土耳其称伊斯坦布尔海峡）潮流的成因、美洲红蚂蚁的习性、日月星辰的运行规律等。于是两人的关系变得很奇妙，有时像主奴，有时像朋友，有时像双胞胎。最终两人的身份发生了置换：威尼斯年轻人以霍加的身份终老土耳其，而霍加则乔装成威尼斯人去往意大利，讲述他在土耳其的种种遭遇，然后名利双收。

《我的名字叫红》

互换身份似乎很离奇，但小说的叙事几乎天衣无缝。故事想表达的主题是帕慕克一直关注的那个大哉问——“我是谁”。主人公霍加就常常困惑于此，竭尽全力想探索“真我”。他自认为跟身边那些人不一样，那些笨蛋“因为‘笨’，他们看到了头顶上方的星辰却不去思考；因为‘笨’，对于要学习的事物，他们会先问有什么用；因为‘笨’，他们感兴趣的不是细节，而是大概；因为‘笨’，他们都一个样，诸如此类”。

霍加认为自己与众不同，却也无法真正认清“我是谁”。对身份的追寻，便成为小说的主线。西方人认为每一个人都是独一无二的自我，“我之所以是这样的我”是有理由的，但帕慕克在小说中颠覆了这种看法，让两个人身份互换，让一个人去过另外一个人的生活。他想表达的是：不要以为你在这个世界上是独一无二的，只要你把自己的人生经历全部告诉别人，包括坦白你所犯下的种种罪行，那别人就有可能取代你的角色。换句话说，人是可以被取代的，只要你把自己的故事和盘托出。

除了个人身份问题，《白色城堡》也在探讨所谓“文化身份”的问题。土耳其自古以来位于东西方文化的交汇处，小说中土耳其人和威尼斯人是可以互换身份的，因为二者最终在文化上再也分不清谁是谁。小说留下的谜题是：土耳其到底是一个什么样的国家？

（主讲　梁文道）

## 《霍乱时期的爱情》

爱情是一种病

加西亚·马尔克斯（Gabriel García Márquez，1927— ），哥伦比亚作家，魔幻现实主义文学的代表人物，1982年诺贝尔文学奖得主，目前罹患阿尔茨海默病。著有《百年孤独》《枯枝败叶》《没有人给他写信的上校》等。

一见钟情与一生一世结合起来，故事其实非常简单。

马尔克斯的《百年孤独》中文版于 2011 年推出时，大家都很震撼——这位盖世文豪终于肯授权出版中文版了！过去他一直抱怨中国人太无良，盗版他的作品几十年，为此气得不得了[1]。经过一番苦口婆心的劝说，他总算被我们新一代出版人的良心打动了。这本《霍乱时期的爱情》是正式获得中文版权的新译本，接续《百年孤独》的气势，引来很多人关注。

小说英文版叫 *Love in the Time of Cholera*，台湾译作《爱在瘟疫蔓延时》。我认为“霍乱时期的爱情”的译法更好，因为西班牙语的“霍乱”（cólera）一词不仅意指这种疾病，还形容一种狂暴的、强烈的、极端的情绪。书名一语双关，既指 19 世纪末 20 世纪初南

[1] 1990年，马尔克斯在北京和上海发现自己的作品被严重盗版，遂发狠说他死后 150 年都不授权给中国内地。此后多家出版机构的授权申请遭拒，直至 2010 年 2 月新经典文化公司才正式获得中文版权。

美洲霍乱蔓延的情形，又指一种不可抑制的爱情。

这是一本最类型化的爱情小说。小说一加“类型”这个词，就注定是通俗小说。类型小说针对不同的大众口味，跟类型影视剧相匹配，比如恐怖小说与恐怖片、侦探小说与侦探片、间谍小说与间谍片、战争小说与战争片。中国的独门类型是武侠小说与武侠片。

爱情小说有一些常见的公式，比如琼瑶小说的公式是：富家女爱上穷家子，或者富家子爱上穷家女，双方经过艰苦卓绝的奋斗终于走到一起时，其中一人年纪轻轻患了绝症……看这种爱情连续剧，你发现演员基本上每集都在哭。

身为诺贝尔文学奖得主，马尔克斯怎么会写一本爱情小说呢？他的写作以魔幻现实主义闻名全球，我甚至觉得他是当今世界上最好的小说家之一，如果没有他，整个当代小说完全无法想象。他的小说中那些不可思议的细节写得充满诗意，好像真的一样。当他 1982 年获得诺贝尔文学奖而被全世界追捧时，很多人都想知道他下一步会写什么，他该怎样把这个高峰再往上推一步。没想到他居然写了一本爱情小说出来，而且这本小说写得太传统了，跟他过去写的东西很不一样。他放弃了被人称颂的魔幻现实主义写法，用一种很浅白的语言去写爱情故事，让人觉得这是同一个人写的吗？虽然他那种独特的叙事方式还保留着。

有人认为《霍乱时期的爱情》是爱情小说大全，主干是传统的爱情故事，旁边还有很多分支，把你能看到的各种爱情小说的类型、桥段、人物都用进去了，比如单恋、暗恋、黄昏恋、婚外恋、老少配、性滥交等等，凡是你想象得到的爱情都有，并且全部集中在两三个人身上，写得荡气回肠。很多人想把这部小说拍成电影，马尔克斯一直拒绝，直到前几年一位英国导演[1]打动了他，保证会忠于原著，这才有了 2007 年好莱坞版电影。

这是一个等待了几十年的爱情故事，起源于惊鸿一瞥的一见钟情。一见钟情与一生一世结合起来，故事其实非常简单。阿里萨对美若天仙的少女费尔米纳一见钟情，天天在公园假装看书，偷偷瞧她，后来两人终于开始通信。阿里萨是一个高高瘦瘦、腼腆害羞的男孩，很有音乐天赋，随时可以用小提琴拉一段小夜曲帮你虏获意中人的芳心。他沉迷于阅读，尤其喜欢与爱情有关的文学。他会写充满文艺腔的浪漫情书，第一次写情书就写了 70 多页。他写信给梦寐以求的女孩费尔米纳，其实两人只见过一面，从未说过话，居然通过书信慢慢发展出感情，最后到了订婚的地步。费尔米纳的父亲希望她嫁给一个更有出息的人，硬生生拆散了这对年轻人。后来费尔米纳嫁给了社会地位很高的乌尔比诺医生，阿里萨就苦苦等候。在等爱期间，阿里萨跟不同女人发生性关系，认为这只是替代，是为了满足目前无法得到的真爱。等到费尔米纳的丈夫去世后，两个七老八十的人才终于走在

[1] 指迈克·内威尔（Mike Newell，1942— ），英国导演，剑桥大学英文系毕业。曾执导《四个婚礼和一个葬礼》《忠奸人》《蒙娜丽莎的微笑》《哈利·波特与火焰杯》等。

《霍乱时期的爱情》电影海报

了一起。他们坐在南美洲一条内河船上，由于沿途瘟疫遍布，船只不能泊岸，只能顺着河流一直漂泊。船长忍不住问，这样漫无目的地来来去去要继续到何时？阿里萨早在五十三年七个月零十一个日日夜夜之前就准备好了答案：一生一世。

这是小说结尾的最后一句话，写得非常震撼，也非常漂亮。马尔克斯一向擅长把小说开头的第一句话写得令人难忘，但很多人觉得这本小说的开头写得并不好，反而结尾写得很好，甚至能够媲美《百年孤独》经典的开头："多年以后，面对行刑队，奥雷里亚诺·布恩迪亚上校将会回想起父亲带他去见识冰块的那个遥远的下午。"以前没人想过小说的开头能这样写，也没人想到"一生一世"这句话放在这么传统的一本爱情小说的结尾，竟然如此恰当。

男一号阿里萨对爱情的执着与疯狂让人印象深刻，但男三号乌尔比诺医生跟女主角费尔米纳的关系，你不能说那不叫爱情。我们总以为很激烈的感情才叫爱情，事实上老夫老妻在一起那种很日常、很现实的感情也是爱情。当然在小说中，最终是那种狂暴的爱情征服了时间。

这本小说告诉我们，其实所有的爱情归根结底都是一种虚构。阿里萨这段等待 50 多年的爱情，难道不是他虚构出来的吗？他特别喜欢读书，小时候就把整个图书馆的书都看完了。他对书没有选择性，什么书到手就看什么，通俗小说他看，高深经典他也看，看完之后还会背诵。他明白自己对费尔米纳的爱其实是幻想出来的："渐渐地，他把她理想化了，把一些不可能的美德和想象出来的情感都安在她的身上。两个星期后，她成了他心目中的唯一存在。他决定给她写封信，用职业抄写员的清秀的字体写在一张纸的正反两面。这封信在他口袋里搁了几天。在琢磨如何把信交给她的同时，他每天睡觉之前都再补写几页。结果，最初的那张纸逐渐扩大成了一本情话词典，那些话都是他在公园里等待姑娘走过时从读过的许多书中背下来的。"

我们的爱情往往建立在想象之上，好比现在流行问你的理想对象是什么样的？理想对象就是虚构出来的，然后试图在现实世界中找到一个能够套进这个模子里的有血有肉的真人。由于理想对象在现实世界并不存在，所以很多人总是心怀遗憾，爱完一个又一个，经历一次又一次，仍在寻觅途中。

理想对象从哪儿来？根据这本书的暗示，就来自那些通俗的小说、影视剧，我们看了大量这种东西，然后拼凑出所谓的理想对象和理想关系。阿里萨就中了这种毒。费尔米纳本来也是这样，直到有一次在人群中看见阿里萨，突然醒悟自己怎么会爱上这个人，于是简单地说了一句：你走吧，再见，忘记我吧。就这样，她把这个关系斩断了，50 多年后才重新开始。可是对阿里萨来说，这种由通俗文字的暗示所形成的像霍乱一样的爱情疾病，他从来没有治愈过，所以那么坚持地等待了 50 多年。

（主讲　梁文道）

# 《心兽》

## 人人都有心兽

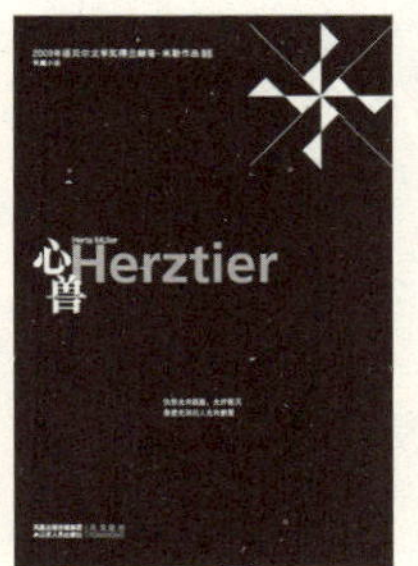

赫塔·米勒（Herta Müller，1953— ），生于罗马尼亚，德国作家，2009年诺贝尔文学奖得主。因多次批评罗马尼亚政府，并担心秘密警察的侵扰，1987年与丈夫移居德国。著有《低地》《狐狸那时已是猎人》《呼吸秋千》《今天我不愿面对自己》等。

每个人心里都有一头小兽，当我们做了一些良心不安的事情，它会折磨我们。

有些作家像莫言被人批评在政治上表态不够，有些作家则被批评为“政治作家”，声誉来自政治倾向。在诺贝尔文学奖得主之中，有一位在政治表态方面最激烈、最大胆的作家，她的名字叫赫塔·米勒。

赫塔·米勒自幼生活在罗马尼亚，1987 年移居德国，当时离罗马尼亚齐奥塞斯库[1]可怕的独裁政权崩溃只有两年时间。《心兽》是她最有名的一部小说。台湾根据英文版 *The Land of Green Plums* 译为《风中绿李》，其实《心兽》才是德文版 *Herztier* 的正名。跟很多前东欧国家的作家一样，她谈的是在一个可怕的专制政权底下，人与人之间的关系如何脆弱，人与人之间如何互相背叛等。这部小说代表

[1] 尼古拉·齐奥塞斯库（Nicolae Ceauşescu，1918—1989），1965年至1989 年任罗马尼亚共产党总书记。执政期间独断专行、任人唯亲、高压统治、腐败无能，1989 年 12 月在“七日革命”中被捕后遭枪决。

台湾版《风中绿李》封面

德文版 *Herztier* 封面

了她写作的经典风格。

有人说赫塔·米勒很政治化，觉得她获得诺贝尔文学奖是因为她在政治上的表态。但是，任何一个人只要认真读过她的任何一部作品，就会发现此说极不靠谱。还有人评论她的文字不够优美，作品不易读，句子古怪。可是诺贝尔文学奖评审委员会却说她“以诗歌的精炼和散文的直白，描绘了无依无靠的人群的生活图景”。

《心兽》的确有点像散文，每个句子都精雕细琢，像诗一般。有人说它不易读，可能是因为这部小说篇幅虽然不长，叙事者却在不停地转换，而且常常出现一些看似跟主情节、主结构无关的内容，比如对罗马尼亚城市的观察，对草地、树木的描写，还常常出现刻意的倒装句等。

小说中有个女孩叫萝拉，是女主人公的大学室友。萝拉离开贫困的乡下到城里念书，一心力争上游。上学期间，她靠出卖肉体养活自己。她一心想结识体面的男人，后来终于搭上一名共产党官员。然而跟这个男人交往没多久，她就自杀了。女主人公觉得她的死有疑点，希望从她生前的记事本中找到线索。有三位男同学也不相信萝拉死于自杀，于是他们经常在一起碰头。这四个人都具有某种自由、叛逆的思想，此后他们常常在一起聊天、读禁书、写诗，最后被遍布全国的秘密警察盯上，历经追捕、抄家、死亡的威胁。

萝拉生前信仰宗教，经常去教堂，但她后来加入共产党，到处向人展示那本红色党证。有人对她说，你可是去教堂的呀。萝拉说，别人也这么做，只是大家装作不认识罢了。有人说，上帝在上面关照你，党在下面关照你。

念大四那年，萝拉在宿舍壁橱里上吊自杀。两天后，她被开除党籍，并注销学籍。她的行为被视为整个国家的耻辱，几百名师生聚集在大礼堂里，大肆批判她。有人站在台上说，她把我们大家都骗了，她不配当我们国家的大学生，不配当我们党的成员。台下全体鼓掌，没人敢第一个停下来，人人边鼓掌边瞧旁边人的手。后来多数人想停下来，听得出掌声失去了节奏，可是少数人又重新拍起来，大家只好跟着拍下去，直到整个礼堂响彻着一个节奏，好似一只硕大无比的鞋子砰砰砰击打着墙壁。发言人这才示意大家停下来。这个气氛似曾相识，描写得很逼真，不是吗?

女主人公经常和三个志同道合的男同学偷偷交换对独裁统治的

不满。其中有一个同学叫埃德加，毕业后被分配到一个偏远的工业城市当老师。他观察到，在公共汽车里，乘客都低头坐着，不知情的以为他们在打瞌睡。他刚开始感到很奇怪，为什么他们能在正确的车站醒来？几天后他发现，车厢的地板破裂了，人们透过破洞可以看见路面。在压抑、无聊、绝望的社会氛围中，大家只能透过车底破洞看着行进的路面作为调剂，就像坐牢的人透过铁窗望着蓝天一样。

这本书出色的地方在于大量看似没有关联的细节在人的双眼注视之下被放大了，跟整个国家的专制体制关联在一起。比如女主人公很喜欢看街上的疯子，其中有一个疯狂的哲学家喜欢跟羊说话，认为天上的星星会掉下来；还有一个男人每天下午在固定的地方等待妻子，其实他的妻子已经死去多年了。她喜欢看这些疯子，因为只有疯子才不会在大礼堂里举手、鼓掌，他们拿疯狂与恐惧做了交换。

恐惧是这本小说的重要主题。每个人心里都有一头小兽，当我们做了一些良心不安的事情，它会折磨我们；当我们过分恐惧时，它又会冲出来将很多东西改变。赫塔·米勒试图告诉我们，当人生活在一个建立于恐惧之上的政权底下时，生活中的一切都不可能正常，所有东西都会被扭曲。

这种不正常的扭曲状况该怎样用言语来形容？这部小说提供了丰富的细节，比如卫兵在街上看见一些面貌不对劲的人，上去就抓人打人，充满了恨意。为什么他们那么仇恨人呢？他们在恨什么呢？赫塔·米勒说这些人小时候可能生活在农村，后来想进入城市，不再赤脚踏在雪地上赶羊，他们一心一意想做的事就是进入体制内，不是因为他们热爱什么或者忠诚什么，只是为了生活。他们心底充斥着莫名其妙的仇恨，看什么人不顺眼，那种恨意瞬间就会被点燃，突然变得暴力起来。更可怕的是，"卫兵们其实需要这种仇恨，以便日复一日精确地完成一项血腥的工作。他们需要这种仇恨来下判断，以换取薪水。判决只能给敌人下。卫兵们用敌人的数字来证明自己可靠"。

女主人公的祖父常常光顾一位理发师，这个人很感激她的祖母。罗马尼亚二战时期在纳粹德国的控制之下，当时理发师喜欢一个女孩，但她嫁给了别人。有一天，女主人公的祖母跑去向纳粹告发，说那个女孩的未婚夫反对国家元首。很快，这个男人就被纳粹抓走了，从此失去踪影。理发师得以顺利地跟这个女孩结婚。他对女主人公的祖母说，你人真好，要不是你把她未婚夫出卖了，我娶不到这么漂亮的老婆。没想到她的祖母回答说，因为我的儿子被抓去当兵，所以我看不惯那些逃避兵役的人，我要他们陪着我的儿子一起去死。

赫塔·米勒认为，人在极权统治下的精神发展会呈现出各种极端的可能性，甚至连语言都会受到污染。正如她在小说开头所言："如果我们沉默，别人会不舒服……如果我们说话，别人会觉得可笑。"为什么呢？想想我们的语言是怎样被污染的。

（主讲　梁文道）

## 《然而》

### 当孩子露水般消逝

Philippe Forest
Sarinagara

菲利浦·福雷（Philippe Forest，1962— ），法国作家、文学评论家。著有《永恒的孩子》《纸上的精灵》《所有的孩子，除了一个……》等，《然而》获法国“十二月”文学奖。

人们发现孩子死了，就这么简单。雨落下来，有节奏的，嘈杂的。

说到法国人对日本文化的热爱，我想起2007年在中国内地出版的《然而》。作者菲利浦·福雷是法国著名小说家，这本书是集小说、文学随笔、游记于一体的奇特书写。

菲利浦·福雷身为法国人，在《然而》里却大谈日本。他游历了京都、东京、神户三座城市，谈论了日本历史上三位艺术家，贯穿其中的却是自己的丧女之痛。当初因为女儿去世，他无法收拾这种痛苦，决定和太太去日本旅行。为什么去日本呢？因为他女儿患骨癌的消息和阪神大地震[1]的消息同时到来。

在纯属偶然的事件之间寻找关联是很荒诞的事，但不知为什么，

[1] 1995年1月17日清晨5时46分，以日本神户市为中心的阪神地区发生里氏7.3级大地震，共计6434人遇难，近4.4万人受伤，约10万多座建筑物损毁，经济损失近1000亿美元。这是日本二战后遭遇的最大灾难，引起日本对地震科学、都市建筑防震、交通防震的重视。

菲利浦·福雷就是觉得有关联。他说："我无法透彻地说明为什么日本在我们眼中自然而然地成了我们女儿去世后一定要去的地方……如果一定要我解释，我只能说所有这些我所不能理解的理由都在于此：日本对我们而言是此后的国度，面对现实继续活下去的一个理由，在那里，人们不再是在记忆和遗忘中作出抉择，而是遗忘成了记忆神秘的、新的条件。是的，此后的国度，那个丝毫不必放弃旧念的国度，为你揭示了一个简单的秘密，教你如何把那一念想牢牢地记着，和你此生的最爱永远清晰地留在心田。"

这段话从表面上看，我们以为菲利浦·福雷是因为女儿死了，要到一个遥远的国度散心，或者去做心理治疗，消解和淡忘令他痛苦的过去。其实，他要找寻记住与遗忘之间的第三种可能：记住已逝的女儿，记住这个哀痛，记住它所带来的巨大毁灭，但同时哀痛又被定止在一点上面，仿佛可以静静地观察它。

菲利浦·福雷跑到遥远的日本，是要在那里寻求关于他女儿去世的某种醒悟和启发。他认真研究了小林一茶[1]、夏目漱石[2]、山端庸介[3]的故事，看这三位日本艺术家如何处理巨大的丧亲之痛。

[1] 小林一茶（1763—1827），江户时期俳句诗人。农家子，一生穷困潦倒，多次经历丧亲之痛。作品富有个性，著有《病日记》《我春集》等。

[2] 夏目漱石（1867—1916），作家。毕业于东京帝国大学英文系，精擅小说、俳句、汉诗等。著有《我是猫》《少爷》《心》《明暗》等。

[3] 山端庸介（1917—1966），摄影师，二战期间曾作为战地记者被派往中国。长崎原子弹爆炸后，他奉日本军方之命赴现场拍照，但所拍照片大部分被美国占领军封锁，直至1952年才在东京发表。

小林一茶被认为是继承日本俳句传统的最后一人。他的俳句赞颂日常生活中很琐碎的东西，就连在雪地上撒出尿洞都写进去，给人的感觉似乎很温暖。其实他一生悲苦，幼年丧母，被继母赶出家门到处流浪，晚年才回到家乡结婚生子，然而孩子一个接一个地死去，他孤独终老。为了纪念死去的女儿，他写了一首著名俳句："露水的世/虽然是露水的世/虽然是如此。"这是周作人 1925 年的译作，若用更浅显的文字来翻译就是："我知道这世界/如露水般短暂/然而然而。"

日本诗歌给人的印象就像日本艺术一样，总是强调时间流逝，万事万物不停地流变。樱花开了要凋谢，枫叶红了要枯萎，人生像水上的泡沫一样，爆起一个，另一个又迅疾消失。很多西方人觉得俳句达到诗的最高境界，是一种对世界存在的最精粹的描写。这种理解其实是所谓"东方主义"，有太多的误会和美化在里面。

菲利浦·福雷提到 1911 年冬夏目漱石的小女儿不到两岁就死了，其中有段话很惊人："对她的死，医生们没有给出任何解释。人们发现孩子死了，就这么简单。……雨落下来，有节奏的，嘈杂的。在屋子里，人们清晰地听到每一滴雨滴打在邻居芭蕉叶子上的声响。晚饭的时候，孩子哼都没哼一声就昏倒了。人们把她平放在床上。她发青的嘴唇间已经没有任何气息了。医生马上赶到，做了几个他知道完全无济于事的动作。没有眼泪的巨大沉默笼罩着。父亲只说了这么几个字：'太离奇了。'"

菲利浦·福雷还提到日本著名摄影师山端庸介。当年美军用原子弹轰炸长崎后，他是第一个赶到现场的摄影师。他用镜头记录下一个恐怖的世界，其中一张最著名的照片似乎尚显生机："一位母亲在给孩子喂奶：一个很年轻的女子，初为人母的绚丽，雪白的上身在敞开的裙子的衣襟间发光，一个正在给孩子喂奶的乳房露着。两人似乎都只受了点轻伤：在女人右脸颊，在她美丽的脸上，只有一点割伤，宛如开了一朵红色的小花；孩子的头部或许伤得重一点，他的皮肤只有一点表面的烧伤。他吃着奶，那么聚精会神。可以说他顽强地攫住生命，在灾难的中心和他母亲一样受到了庇护，在飓风阴森的眼中呼吸着，幸免于难，认真地重新积蓄在废墟中开始第二次生命所必需的力量。"

然而这位母亲神情忧郁，眼神迷茫，有着无边的哀愁。50 年后，人们寻找山端庸介照片上的幸存者，看见她韶华尽逝。她说，孩

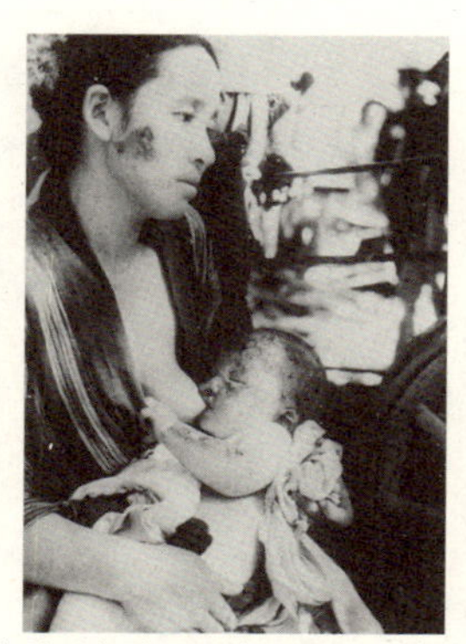

喂奶的母亲（1945 年 8 月 10 日摄）

子已经死了很久，短短几天就让他耗尽气力，最终彻底憔悴而亡。人们把当年的照片拿给她看，“这张照片包含着她失去的孩子从此所留下的一切。穿越时间不可思议的黑幕，他再次向她走来：不是孩子本身——因为没有什么能让他复活——而是不可复得的失去的孩子，就这样还给了她，她只知道说一样东西，和其他人一样，说这个孩子无比珍贵，什么都不能解释他可怕的消失，流逝的岁月也无法减轻因他没了而形成的可耻的空白。再次看到他，凭借穿越了她整个人生的一道目光，女人——神秘地微笑着的——却用她无法慰藉的爱作为给活着的孩子一份既优雅又忧伤的礼物”。

我们经常觉得某个场景似曾相识，某件事好像干过，某些话好像说过。菲利浦·福雷认为，这是因为每个人的一生都曾出现在孩提时的梦境里，日后的经验只不过用来验证脑海里那个早已存在的故事。如果不是暗地里早就意识到什么，我们的心灵如何能在事情发生的一瞬间，承受如此巨大的痛苦而不被彻底击垮呢？人生如梦，因为世间所有的遭遇都已在梦中经历过。

（主讲　梁文道）

## 《在荒岛上遇见狄更斯》

### 遇见另一个自己

罗伊德·琼斯（Lloyd Jones，1955— ），新西兰作家，主要创作小说和儿童文学。著有《声名之书》《传记》《啾喔》《画出你的太太》等。

文学的力量终究脱离了政治意涵、殖民企图，变成一种精神养分滋养了小女孩玛蒂妲。

狄更斯的《远大前程》是一部经典小说，男主角匹普（Pip）是我们在任何时代都会遇到的人。他希望闯出一片自己的天空，获得自己想要的人生，把自己改造成理想中的样子。尽管最后幻灭的概率相当大，可是这样的想法难道不是每个人都有吗?

《在荒岛上遇见狄更斯》原名 *Mister Pip*，即指《远大前程》里的匹普先生。这本小说写得非常精彩，2007 年获英联邦作家奖[1]，同时入围布克奖决选名单。作者罗伊德·琼斯是位著名的新西兰作家，

[1] 英联邦作家奖（Commonwealth Writers' Prize），英语文学界最重要的奖项之一，由英联邦基金会创设于 1987 年，设最佳图书奖和最佳处女作奖。2011 年改称 Commonwealth Writers – a world of new fiction，设英联邦图书奖和英联邦短篇小说奖。

故事背景设在巴布亚新几内亚的布干维尔岛[1]，那里至今局势都不稳定。本来它跟所罗门群岛在地理上很接近，但在殖民时代硬是被划给新几内亚。它想独立，政府不让，双方一直存在矛盾冲突。

我们在小说里看到一场残酷的独立战争[2]，看到独立军和政府军的战斗，看到外来殖民者的影响，还看到狄更斯。在岛上渔村的政治冲突中，外来的白人们都离开了，只剩下华兹先生。他很好心地教孩子们读书，用《远大前程》作为英语教材。最后女主人公玛蒂妲迷上了狄更斯，《远大前程》进入她的人生，或者说她走进《远大前程》的世界。匹普成为她生命中不可分离的一部分，她最终像匹普一样背井离乡，只不过是被迫流亡。她到了伦敦和肯特郡，去看《远大前程》诞生的背景，后来成为狄更斯研究专家。

大家不要以为这是一本很温馨的小说，讲一个小女孩在文学启蒙老师的指导下，如何受一本经典著作的影响，最后自学成才。不，恰恰相反，狄更斯给她带来的是悲惨乃至无法用言语形容的残忍。有人将此书归为后殖民小说。白人殖民者认为布干维尔岛的原住民是未

---

[1] 布干维尔岛（Bougainville Island），西南太平洋所罗门群岛中最大的岛屿，巴布亚新几内亚东部布干维尔自治区的主体部分。1768 年被法国航海家布干维尔发现，1898 年沦为德属新几内亚的一部分，1920 年成为澳大利亚托管地，1942 年被日本占领，1945 年重新由澳大利亚托管，1975 年归属巴布亚新几内亚。

[2] 布干维尔自治区拥有巴布亚新几内亚最大的铜矿——潘古纳铜矿，因中央政府、地方政府、开发公司与矿区地主之间的矛盾不断激化，当地民众于 1988 年诉诸武力关闭铜矿。1989 年当地武装势力爆发骚乱，并于 1990 年宣布独立，直至 2001 年 8 月 30 日布干维尔和平协议正式签署，长达 12 年的战争才告结束。

开化的原始人，华兹先生教原住民小孩学英文，通过读狄更斯的小说来认识英国，这难道不是一个非常典型的殖民化过程吗？你们没有文化，我来给你们文化！然而文学的力量终究脱离了政治意涵、殖民企图，变成一种精神养分滋养了小女孩玛蒂妲。

我们来看看殖民者的文化入侵。玛蒂妲说，我们从小到大都一直相信重要的东西就该是白色的，比如说冰淇淋、阿司匹林、缎带、月亮、星星统统都是白色的。在我祖父小时候，白色的星星和满月很重要，我们现在倒是不太依赖星星、月亮了，因为我们有发电机。

玛蒂妲说她祖父见过的第一个白人是乘船来到这里的水手。水手跟她祖父要指南针，但她祖父不知道指南针是什么东西，双手别在身后微笑。白人问，这是什么地方？这个问题她祖父终于听懂了，说这是一个岛。白人又问，这个岛叫什么名字？她祖父就告诉他一个名字，而那个名字的意思是“岛”。白人又问，附近的商店怎么走？她祖父哈哈大笑，指了指椰子树，又指了指大海，意思是大海里什么鱼都有，干吗要商店。

后来男主角华兹先生跟岛上的小孩子谈狄更斯，叫他们想象英国。当然，这是件很有难度的事，毕竟这些小孩一生都待在这个小岛上。玛蒂妲还回忆起传教士来的时候，他们教我们信仰上帝，当我们要求去见上帝的时候，他们却拒绝把我们介绍给上帝。很多老人家反而比较愿意相信螃蟹的智慧以及形状像南十字星的盾鱼，只要在游泳的时候把头潜到水里，观测它们来判别方位，就可以从一个岛游到另一个岛了。

狄更斯笔下的匹普在这本小说里太重要了，不只因为他激励了玛蒂妲，还因为他连累了玛蒂妲的母亲和华兹先生。玛蒂妲常常在脑子里跟匹普对话，然后在沙滩上用树枝写下匹普的名字。当巴布亚新几内亚的政府军来镇压独立军，要搜出潜藏在渔村的间谍时，他们发现了这个名字，但是村里没有人叫匹普，于是他们认为这个村子有古怪，一次次地来袭击。

有一天晚上，华兹先生坐在营火前给大家讲故事，讲他自己的人生，讲这个村子在外人眼里是什么样子……突然政府军来了，开枪把华兹先生软趴趴的肉体击倒，然后拖到猪栏前，用大砍刀把他的身体剁成肉块，丢给猪吃。这就是玛蒂妲文学启蒙老师的命运。

在这起“神秘的间谍”事件中，玛蒂妲的母亲也被牵扯进来。为了保护女儿，她在被政府军士兵轮奸后说，我愿意拿我的身体交换我的女儿。谁知军官说，你的身体刚刚大家都享受过了，还有什么用？她说，那我能不能用我的生命交换我的女儿，请你们放过我的女儿？军官说好极了，然后向士兵点头示意。两个士兵把她抬起来，玛蒂妲想追上去，却被军官按住不放。

当那些士兵凌虐玛蒂妲的母亲时，军官叫这个小女孩转过身。玛蒂妲转头看见前面是大海：世界上一切美好的事物都在我面前展现，发亮的海水，天空，抖擞的绿色棕榈树。大致上这个世界和我们无关，大致上这个世界对我们在这里做的事不闻不问，不管我们的背脊后面究竟发生了什么事。小小的黑蚂蚁在我的大拇指上爬来爬去，看起来小蚂蚁好像很明白它们在干什么事，知道它们要往哪里去，它们不知道自己只是小蚂蚁罢了。后来我才知道有些事情没有被我目击，原来他们把我妈带去丛林的外围——华兹先生也是被拖到同一个地方，他们把我妈剁成碎块，然后把她的肉块丢给猪吃。他们砍死我妈的时候，我正和这个军官站在一起，聆听海浪拍打在珊瑚礁上的声音。他们砍死我妈的时候，我正眺望天空，可是因为蓝天的日头闪亮，我根本没有注意到暴风雨的乌云正在集结。这一天的层次太多，太多事情发生了，都是彼此矛盾的事件，全部挤在一起的结果是，这个世界失去了秩序。

这些悲剧全因狄更斯的《远大前程》而起。到了小说最后，玛蒂妲发现华兹先生给村民们讲的故事是假的。华兹先生以前说他是澳大利亚人，后来认识岛上出去的一个女孩，才来到这里。那是全岛最有出息的女孩，居然能离开小岛，到文明世界澳大利亚去念牙医，只不过没念完就带着白人老公一起回来了。玛蒂妲后来发现，这根本不是华兹先生自己的故事，也不是他太太的故事。华兹先生跟他在岛上娶到的原住民太太都有一些不幸的遭遇，他们是一生想改变自己命运的人，改变的方式是为自己虚构出一个人生，创造出另一个自己，像匹普一样想要自我创造。玛蒂妲最终逃离这个岛去澳大利亚念书，成为一位很有名的狄更斯研究专家。她也像匹普一样有了远大前程，并且自己造就了自己，尽管不是自愿的。

（主讲　梁文道）

## 《少年 Pi 的奇幻漂流》

### 真相无非是一个故事

扬·马特尔（Yann Martel，1963— ），加拿大作家。生于西班牙，曾旅居哥斯达黎加、法国、墨西哥、伊朗、土耳其、印度等地。加拿大特伦特大学哲学系毕业后，从事过各种稀奇古怪的行业。著有《自我》《标本师的魔幻剧本》等。

生命本来就像圆周率 π 一样无穷无尽，任何形式都容纳不下它。

《少年 Pi 的奇幻漂流》这个中文书名，很容易使读者关注中间的漂流部分，忽略了前面那 90 多页的铺垫。英文书名 *Life of Pi*，涵盖的范围更广，因为这部小说不单纯是一人一虎在海上漂流 227 天的故事，也包含了少年 Pi 对生命终极意义的思考。

扬·马特尔现在是位享誉国际的作家，但坦白讲，当初并没有太多人了解他。这部小说当年出版的时候到处碰钉子，好多家大出版社根本不愿意出版，最后找了一家小出版社，没想到 2002 年有点爆冷地得到了英国最大的文学奖——布克奖，让很多人掉了一地眼镜碴子。

少年 Pi 原来叫 Piscine，法文意思是“游泳池”。印度同学觉得他的名字很可笑，因为与英文“pissing”（小便）谐音。于是他自己改名叫 Pi，即圆周率 π。中国内地版《少年 Pi 的奇幻漂流》将

“Piscine” 译为 “派西尼”，其实不太准确，法文发不出这个音。

这部小说的结构很简单，分为三部分。第一部分讲作者的代言人 “我” 为了写一部好小说，到处寻找故事。有人推荐了一个好故事，说是能够让人有信仰。于是 “我” 找到了故事的主人公 Pi，他跟 “我” 描述小时候在印度老家生活的情形。第二部分是本书的重点，讲一艘日本货船本来要带 Pi 一家人像挪亚方舟一样驶向加拿大，然后在那边落地生根，结果船在途中沉了。Pi 落在一条救生艇里，最初陪伴他的有非洲鬣狗、婆罗洲红毛猩猩、非洲斑马和孟加拉虎，最后仅剩那只非常凶猛的孟加拉虎在他身边。经过 227 天的海上漂流，他终于在墨西哥海岸获救。第三部分讲日本货船公司的两个调查员试图从海难唯一的生还者 Pi 口中搞清楚当时发生了什么事。

很多人觉得第一部分太冗长，就连为本书作序的著名书评人也

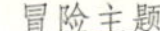
冒险主题　　希望主题　　胜利主题

*Life of Pi* 电影海报（李安执导，2012 年）

认为可以删掉很多。然而在我看来，如果你想了解 Pi 最后领悟到的生命的意义，就会发现第一部分的故事很重要。Pi 一家经营动物园。Pi 说很多人认为动物园是在囚禁动物，动物失去了自由，应该放它们出去。他打了一个比喻："如果你到一户人家去，把前门踢开，把住在里面的人赶到大街上去，说：'去吧！你们自由了！像小鸟一样自由！去吧！去吧！'你以为他们会高兴得又叫又跳吗？他们不会。小鸟并不自由。" Pi 的意思是说，动物到哪里都要迅速适应环境，待在动物园里未必生存得不好。Pi 认为驯服动物的方法是让它们搞清楚谁是老大，让它们把你当成同类，而且认为你就是这个群体的老大，它们才会听你的话，就像马戏团里的动物会服从驯兽师的命令一样。

这些铺垫让我们知道 Pi 对动物有一定的理解，最后才能够平安无事地跟老虎产生一种同伴关系。更重要的是，第一部分道出了 Pi 的信仰。Pi 自幼就有强烈的宗教倾向，同时信仰三个宗教——印度教、基督教和伊斯兰教。他最早接受的是印度教，这对他的影响最深。印度教里有"梵天"的概念。少年 Pi 认为："至尊人格梵天是在我们有限的感觉面前体现的梵天，是不仅通过神，而且通过人、动物、树木、一捧泥土表现出来的梵天，因为一切都有神的踪迹。生命的真理在于，梵天与自我，也就是我们心中的精神力量，你可以称之为灵魂的东西，并没有什么不同，个人的灵魂向世界灵魂接近，就像一口井向地下水位靠近。"

这样一种宗教信仰决定了少年 Pi 后来的命运，以及他对这个命运的认知。有人认为这其实是一个关于信仰的故事。少年 Pi 遭遇海难，在海上与一只老虎共同生活，遭遇了种种近乎超自然的奇观，整个过程隐约指向了那个我们称之为“上帝”“安拉”或“梵天”的超越人世理解的存在。小说在这段奇幻旅程里试图寻找的就是这个东西。

然而这本小说并不魔幻，反倒相当写实。作者很认真地写救生艇上配有什么装备，在海上漂流时会遇到什么问题，以至于他写到的大自然种种不可思议的奇观，让我们读着读着就会相信，例如少年 Pi “低头看看海水，吃惊得倒抽了一口气。我以为自己是孤独一人。静止的空气、灿烂的星光、相对安全的感觉——这一切都让我这么想。……只匆匆一眼，我便发现大海是座城市。就在我脚下，在我身边，我从未察觉到的是高速公路、林阴大道、大街和绕道，海下的车辆行人熙熙攘攘。在颜色深暗、清澈透明、点缀着几百万发出亮光的微小的浮游生物的水里，鱼儿好像卡车、公共汽车、小汽车、自行车和行人在疯狂疾驰，同时无疑在互相鸣响喇叭，大叫大喊。最主要的颜色是绿色。在我所能看见的深度不同的水里，有发出磷光的绿色气泡形成的一道道转瞬即逝的光痕，那是快速游过的鱼留下的痕迹。一道光痕刚刚消失，另一道光痕又立即出现了。这些光痕从四面八方汇集而来，又向四面八方消散而去”。写得多漂亮！

这本小说有很多精彩的部分，比如少年 Pi 杀过一种很大的鱼叫鲯鳅，鲯鳅死的时候做了一件非同寻常的事：“它开始闪烁各种各样的颜色，这些颜色一种接一种迅速变化着。伴随着它的不断挣扎，蓝色、绿色、红色、金色和紫罗兰色像霓虹灯一样在它身体表面忽隐忽现，闪闪发光。我感到自己正在打死一道彩虹。”明明是一个血腥的宰鱼场面，却被描写成在宰一道彩虹。正因为有这样的描写，接下来非常不可思议的东西似乎变得可信了，比如由肉食性植物组成的食人岛等等。

Pi 获救后把这个故事讲给前来调查海难的日本人听，两个严肃的调查员当然无法相信。Pi 说既然你们不相信这个故事，爱情同样不可置信，你们为什么还要相信？这句话揭示出整个故事的核心：生命中有太多不可置信的东西，在我们认为可信的范围之外，有无法穷尽、无法解释的广大灵性的存在。

为满足两个日本调查员的穷根究底，Pi 又讲述了另一个版本的故事。这个故事显然现实得多：船上一个坏心肠的厨师害死了 Pi 的母亲，他甚至吃人肉，最后被 Pi 杀死了。整个故事变得很血腥、很恐怖，似乎也更可信。然后 Pi 问两个日本人，你们愿意相信哪个故事？日本人说，有动物的故事好像比较好听。Pi 说，没错，谢谢你们，你们的想法跟上帝一样。

什么意思呢？这世界无非就是一个故事而已，但故事为什么要好听呢？因为它的意义超乎现实。Pi 说自己是一个相信秩序、相信和谐的人：“只要可能，我们就应该赋予事物一个有意义的形式。比如说——我想知道——你能一章不多、一章不少，用正好一百章把我的杂乱的故事说出来吗？我告诉你，我讨厌自己外号的原因之一就是，那个数字会一直循环下去。事物应当恰当地结束，这在生活中很重要。只有在这时你才能放手。否则你的心里就会装满应该说却从不曾说的话，你的心就会因悔恨而沉重。”

生命本来就像圆周率 π 一样无穷无尽，任何形式都容纳不下它。尽管如此，就像言语形容不了梵天一样，我们仍努力地去捕捉它，在将要捕捉到或者捕捉不到的一刹那，它奇幻的光芒就会闪现。

（主讲　梁文道）

## 《基地》
### 黄金时代已孕衰颓

艾萨克·阿西莫夫（Isaac Asimov，1920—1992），美国作家，世界公认的科幻大师。生于俄罗斯犹太人家庭，3岁随父母移居美国。哥伦比亚大学生物化学博士，波士顿大学生物化学教授。1958年开始全心写作，生前自称出版467部著作。“基地系列”“银河帝国三部曲”“机器人系列”被誉为“科幻圣经”。

每一个强大的国家总是在看起来国势最盛的时候，开始埋下衰败的种子。

通常我们说不要以貌取人，同样也不要以貌取书。有些书内容真的很好，就是被封面给糟蹋了。20 世纪 80 年代中国内地推出了西蒙·波娃[1]的《第二性》，这本来是一本经典名著，不晓得为什么翻译成《女人的秘密》，封面居然是婀娜多姿的女体。这真是最荒谬的封面设计之一！《第二性》是当代女性主义的开天辟地之作，整本书告诉我们女人不是生下来就是女人，而是后来被男人的目光塑造成了女人。把一个让男人欣赏的女体放在封面，书名还叫作《女人的秘密》，恰恰违背了原著的颠覆意义。

还有一部被糟蹋的经典之作。2012 年，美国科幻小说宗师艾萨

[1] 西蒙·波娃（Simone de Beauvoir，1908—1986），又译西蒙娜·德·波伏瓦。法国作家、哲学家，西方女权运动及女性主义研究的先驱，存在主义大师萨特的伴侣。

克·阿西莫夫逝世 20 周年，中国台湾和内地同时推出了他的“基地系列”纪念版，译者是叶李华[1]。他原是大学教授，后来像阿西莫夫一样离开学院体制，全职投身于科幻与科普写作。

《银河帝国：基地》出中国内地版的时候，我收到一个邀请，说他们要在中国内地开一场发布会。后来不晓得什么缘故取消了，不过取消了更好，因为他们把书搞成这个模样！唉，这本人类历史上最伟大的科幻小说之一，封面居然是四个冲我们做鬼脸的人：《星球大战》里的“黑武士”达斯·维达，《阿凡达》里的纳美人，诺贝尔经济学

《银河帝国：基地》（外封）　《银河帝国：基地》（内封）

[1] 叶李华（1962— ），台湾科幻作家。美国加州大学柏克利分校理论物理博士，曾任台湾交通大学科幻研究中心主任，著有“卫斯理回忆录系列”等作品。自 1990 年开始译介、导读及讲授阿西莫夫的作品，被誉为“阿西莫夫在中文世界的代言人”。

奖得主保罗·克鲁格曼[1]，旁边竟然是本·拉登！

这些人物跟小说有关系吗？封面文字说："1977 年的经典影片《星球大战》，偷取了本书构思。"错！影片的作者和编剧据说受过这本书的影响，但那不叫偷。封面还说："2009 年的史上最卖座电影《阿凡达》，抄袭了本书创意。"离谱！后面还自作聪明地补充说明："上述指控均遭否认。"根本就不是事实，能不否认吗？下面接着写道："不过，2008 年诺贝尔经济学奖获得者克鲁格曼则亲口承认，他的经济学理论来自《银河帝国》的启示。"又错了！克鲁格曼说他对经济学产生兴趣是源自"基地系列"，他的经济学理论跟阿西莫夫的心理史学（psychohistory）相差很远。最后还说："9·11 事件之后，英国《卫报》报道，本·拉登正是依据《银河帝国：基地》的战争策略，建立了同名恐怖组织——基地……"这是谣传！虽然"基地"组织的名字跟本书有点关系，但不能说它的战争策略来自科幻小说。

无论如何，上述四句话均是夸张的宣传。封面最上方还印了一排国旗，简直莫名其妙！我很少见到这么侮辱经典小说的封面，好在剥掉外封之后有一个正常的科幻小说封面。不过，为什么科幻小说的封面总是一种固定的腔调？虽然科幻小说像爱情小说一样属于类型小说，但我认为"基地系列"值得用更高贵、更厚重的封面来包装。

[1] 保罗·克鲁格曼（Paul R. Krugman，1953— ），美国经济学家，新凯恩斯主义经济学派代表，2008 年诺贝尔经济学奖得主。先后任教于耶鲁大学、马萨诸塞理工学院（即麻省理工学院）、斯坦福大学、普林斯顿大学。

阿西莫夫被认为是历史上最伟大的三位科幻小说家[1]之一。看名字就知道他是俄罗斯犹太人，但他从小在美国长大，父母跟他说英语和意第绪语[2]，所以他不会说俄语。他从小就非常聪明，后来任门萨学会[3]副会长。那是一个由世界各地高智商人群组成的无聊组织——“无聊”不是我说的，是阿西莫夫说的。他一生写了将近500本书，不叫著作等身而叫“著作超身”。大家不要以为他只写科幻小说和科普读物，据说他写作的内容涵盖了杜威十进图书分类法[4]每一个范畴。有人问他，无所不知是什么感觉？他说我只知道肩负全知之名是什么样的感觉——提心吊胆。

阿西莫夫的“基地系列”总共七部，一开始是三部，后来补

---

[1] 科幻小说三巨头，指艾萨克·阿西莫夫、阿瑟·克拉克和罗伯特·海因莱因。

[2] 意第绪语属于日耳曼语族，全球大约有300万人在使用，大部分使用者是犹太人。

[3] 门萨学会（Mensa International），1946年创建于牛津，以智商为唯一入会标准。拉丁语“Mensa”意谓圆桌，希望会员平等地交流，种族、肤色、宗教、国籍等因素均不影响入会申请，申请人只须通过Mensa Test（门萨测试）以证明其属于当地人口中智商最高的2％人群。该组织在全球许多国家和地区设有分部，只关注纯粹的智商问题，不涉及政治、宗教及社会事务。

[4] 杜威十进图书分类法（Dewey Decimal Classification），1876年由美国图书馆专家梅尔维尔·杜威（Melvil Dewey，1851—1931）发明，此后历经22次大修订，被世界各地图书馆广泛采用。该分类法分为10个大分类、100个中分类和1000个小分类，目前10个大分类是：计算机科学、资讯与总类；哲学与心理学；宗教；社会科学；语言；科学；技术；艺术与休闲；文学；历史、地理与传记。

写的不如当初精彩。中国著名科幻作家刘慈欣[1]的名著《三体》，被很多人认为是受到阿西莫夫的影响，虽然刘慈欣更心仪的是阿瑟·克拉克[2]。我觉得说这种话要小心一点，因为无论谁写科幻小说恐怕都摆脱不了这二位大师的影响。

阿西莫夫和克拉克是好朋友，两人有一个著名的“公园大道之约”。有一天，他们一同打车前往纽约公园大道。在车上，阿西莫夫对克拉克说，您是世界上最优秀的科幻作家，我只能排第二。然后克拉克也谦虚地对阿西莫夫说，您是世界上最优秀的科学作家，我只能排第二。

坦白讲，我觉得克拉克的文学想象力优于阿西莫夫，但阿西莫夫为什么重要？因为他的作品显示出无限丰沛的好奇心和无远弗届的知识储备，没有人能像他那样几乎写尽图书分类法的每一个范畴。更重要的是，他将科幻小说带入一种新的境界。科幻小说的起源很早。有人认为公元 2 世纪有一位叙利亚人可以称得上是人类历史上第一位科幻小说家，因为他写到了月球上人类的生活，可是他写的东西没什么科学背景。也有人认为第一本真正意义上的科幻小说是伟大的天

[1] 刘慈欣（1963— ），山西人，科幻作家，屡获中国科幻银河奖、全球华语科幻星云奖。著有“地球往事系列”——《三体》《三体Ⅱ：黑暗森林》《三体Ⅲ：死神永生》，以及《超新星纪元》《流浪地球》等。

[2] 阿瑟·克拉克（Arthur C. Clarke，1917—2008），英国科幻作家、科学家，国际通信卫星的奠基人。著有《童年的终结》《与拉玛相会》《天堂的喷泉》等。

体物理学家开普勒[1]写出来的，书中谈到了月球上的一些状况，而且具有丰富的科学知识。

20世纪初期，科幻小说在英语世界开始蓬勃发展，出现了一种太空剧场（space opera）类型的作品，就是在太空中有无数行星国家，星际战舰飞来飞去，然后打呀炸呀，上演宏伟壮观的史诗。阿西莫夫的"基地系列"则脱离了这种主流背景，为太空剧场注入新的元素，后来像《星球大战》等很多科幻电影都受其影响。

通常认为伟大的科幻小说能够预言人类的未来，今天很多伟大的科技发明和科学进展早在几十年前甚至更早以前就被科幻小说预言过了。阿西莫夫正是这种类型的小说家，比如他的"机器人系列"曾被拍成数部电影，他甚至发明了一个词叫机器人学（robotics）。他提出所谓机器人三定律（Three Laws of Robotics）：第一，机器人不能伤害人类，也不能见人类受到伤害坐视不管；第二，机器人必须服从人类的命令，除非这些命令有悖第一定律；第三，在不违反上述定律的情况下，机器人可以自卫。现在全世界研发机器人的学者都认为，将来人工智能发展到更高程度的时候，务必遵守这些定律。

除了预言新知识、新领域、新观念和新技术，科幻小说还将人类社会的组织、历史、文明放在科幻背景下，研究其中潜藏的各种问

---

[1] 约翰尼斯·开普勒（Johannes Kepler，1571—1630），德国天文学家，行星运动三定律的创立者。1591年杜宾根大学硕士毕业，1601年被神圣罗马帝国皇帝委任为皇家数学家。约著于1610年的《梦》一书描述人类登月旅行的故事，被认为是科幻小说的鼻祖。

题和可能性。这种小说真正要写的不是一个纯粹空想的未来或者一些宇宙深处的故事来让我们想象和娱乐，而是要在那个背景下重新观察和思考人类社会到底是怎么回事。我们不妨把这种小说看成是关于人类社会文明、历史政治的实验小说。“基地系列”之所以伟大，正因为它是这样一种小说。

阿西莫夫从不讳言，自己想写这样的书是受到英国大历史学家爱德华·吉本[1]的影响。世界上最伟大的经典史学著作《罗马帝国衰亡史》，主要是谈罗马帝国的衰亡过程及其衰亡原因，分析一个曾经强盛如此之久的帝国是怎样逐步崩溃的，并在千余年中逐渐发散余温，然后进入一个所谓黑暗时期。在“基地系列”里，我们同样看到一个帝国不可避免的衰落过程。

在未来某个时代，整个银河系成为政治共同体，几十兆人在一个存在了几万年的银河帝国（Galactic Empire）生活。在帝国最鼎盛时期，学者哈里·谢顿发明了一套很厉害的学问——心理史学。这门学问似乎是心理学与历史学的融合，其实是一种综合了行为经济学、社会组织研究和博弈论的跨学科研究。

谢顿发现掌握一个人的行为规律很难，因为人有自由意志，而且性格多变，然而人类群体的互动方式受制于几项基本原则，因此能

[1] 爱德华·吉本（Edward Gibbon，1737—1794），英国历史学家。曾就读于牛津大学莫德林学院，1764 年探访古罗马遗迹时萌生编写罗马城衰亡史的想法，1771 年至 1787 年写作六卷本《罗马帝国衰亡史》（*The History of the Decline and Fall of the Roman Empire*）。

用数学模型来推演人类历史的走向。这位天才在银河帝国首都的川陀大学带领一群科学家，利用心理史学的知识预测未来两万年人类将走向何方。他做出一个非常大胆的预测：现在看来强横无匹的银河帝国其实已病入膏肓，正步入衰退期，即将崩溃。帝国崩溃之后，宇宙将出现一个长达一万年的很凄惨的无政府混乱状态，届时人类倒退回蛮荒时代，珍贵文明与科学知识全部散失。虽然没办法阻止这种情况发生，但他认为有办法缩短蛮荒的黑暗时期。办法是设立两个基地，它们的任务是保存人类最高的文明，将黑暗时期缩短至一千年，然后重启第二个帝国的太平盛世。

我们以为科幻小说总是往前看，其历史观是人类会越来越好，科技会越来越先进。然而“基地系列”认为人类文明是会倒退的，过去曾经有一个知识、文明、政治、军事各方面都最强盛的美好时代，后来却逐渐退步、垮掉了。这种思维对后来的科幻小说影响很大。

在阿西莫夫笔下，银河帝国的首都川陀行星住着几百亿人，是一座金属城市，几乎看不到地面，也没有草地，皇宫之外全是高耸的摩天大楼和深入地底的地下建筑物，无数飞船飞来飞去。这样一个不可一世的伟大帝国之都，经过战乱后逐渐衰败，整座星球最值钱的东西就剩下这堆钢铁，变成一个出产金属的地方。几百年后，金属废墟也衰败了，星球重新回到农耕时代，已变成传说的古老帝国的恢宏废墟旁，放牧着一群羊……

银河帝国开始衰微之际，皇帝、将军、官员们依然感觉良好，觉得帝国会永远长存。这就是阿西莫夫对人类历史的观察：每一个强大的国家总是在看起来国势最盛的时候，开始埋下衰败的种子。使这个国家强盛的理由，有时恰恰也是使它衰败的理由。在衰败的过程中，身处其间的人发现不了自己正在走下坡路，感觉不到自己正在完蛋。正如银河帝国的年轻人嘲笑谢顿说，我的大科学家，你简直大错特错，当今帝国的国势乃千年以来最强盛，你一直待在遥远荒凉的边区才会有眼无珠！

银河帝国为什么会衰败？因为它越来越集权，皇帝"不允许文臣武将的能力太强，这样他就能够唯我独尊。如果一个大臣太过富有，或是将军太得人心，对他而言都是很危险的事"。一旦真的没有人比皇帝更好，这个帝国也就什么好事都干不出来了，他的接班人也会越来越糟。

为了尽早结束银河帝国崩溃之后蛮荒的黑暗时期，谢顿认为必须设立两个基地，其中一个基地负责编写银河百科全书，保存人类自古以来所有伟大的知识。这其实是对罗马帝国崩溃之后进入所谓黑暗中世纪的影射。就像中世纪的僧侣为了保存古希腊、古罗马的知识一样，银河帝国基地的科学家也在完成类似的任务，并继续发展一些科学知识。与此同时，有个非常神秘的第二基地处在月亮背面，它的存在不为人所知。它跟银河帝国基地的关系是一阴一阳，研究"基地计划"主要创始人谢顿的心理史学。不过，自然科学跟研究人类内心世界的心理学这两个领域真的能这么简单地切分开吗？用今天的科学观来看，这是荒谬的事，任何对人类心灵的探索，都不可能摆脱认知科学及其背后复杂的物理、化学、电学基础。

基地保存的是科学知识，但最后征服人心的却是宗教。当科学成为一种很神秘的东西，大部分人没受过科学教育，小部分科学家能制造出很多奇奇怪怪的器具时，大家就觉得他们像魔法师一样，于是科学慢慢变成一种宗教。当教士阶层强硬地想要对外传教时，宗教冲突就发生了。这时候基地摸索出了一个让自己存续下去的方法：发展商业贸易——有点像今天的全球化，麦当劳、可口可乐推销到了全世界。

然而当银河帝国基地纵横宇宙去发财时，任何资本主义社会会出现的问题再次出现了：贫富差距越来越大，权贵阶层与平民阶层的冲突导致民主政治慢慢变质为寡头政治。后来基地出现了一个基因突变的人叫骡，他改变了整个“谢顿计划”。骡当权之后不称自己为皇帝或执政官，而称呼第一公民，以示他也只是一个普通人。

“基地系列”发展至此，似乎在表达所有历史决定论都要面对的难题：人类历史离不开个体在关键时刻的表现，个体的性格会影响其行动方向；但宏观来看，似乎冥冥之中历史又有某种规律和模式在不断翻演。

（主讲　梁文道）

# 一个村庄里的中国

## 《倾听底层：我们如何讲述苦难》

### 无声者在呻吟

郭于华（1956— ），清华大学社会学系教授，主要从事社会人类学、农村社会学、口述历史研究。著有《死的困扰与生的执著——中国民间丧葬仪礼与传统生死观》《在乡野中阅读生命》等。

父母期待子女遵从传统孝道，年青一代对待父母则讲求等价交换。

中国农村这些年发生的最大变化是延续数千年的乡村秩序被破坏了，搞出一套新的东西，比如当年的土改运动，过去公认这类运动是共产党动员底层民众的一大动力，最终将国民党赶到了海峡对岸。

清华大学社会学系教授郭于华常年做底层社会的口述史研究，试图探讨社会结构中各种力量如何造成个体生命的遭遇。她认同法国社会学大师皮埃尔·布尔迪厄[1]的看法，认为“个人性即社会性，最具个人性的也就是最非个人性的。个体遭遇的困难，看似主观层面的紧张或冲突，但反映的往往是社会世界深层的结构性矛盾”。

郭于华注意到，今天陕北一些老革命根据地的农民仍叫自己“受苦人”，这种苦既是身体的感受，也是精神的体验。农民对苦难最常见

---

[1] 皮埃尔·布尔迪厄（Pierre Bourdieu，1930—2002），法国社会学家、人类学家。曾开展历时三年的大规模调查，主要以社会底层为访谈对象，展现普通人的社会疾苦并揭示背后根源。著有《世界的苦难》（*The Weight of the World: Social Suffering in Contemporary Society*）。

的解释是“命苦”。为什么财主家有钱？因为人家祖上积德，勤俭，精明能干。为什么有的人家道中落？因为他祖上没积德。这话不仅带有宿命论意味，还有点幸灾乐祸的感觉。这种宿命论的解释是一种处理人际关系和释放内心焦虑的方式。当然从马克思主义的角度来看，这叫“虚假意识”（false consciousness），农民被蒙蔽了，阶级意识不强。

共产党闹革命之后，将农村简单分为几个阶级，如地主、富农、贫下中农。以前农村另有一套分类方式，如财主、东家、“受苦人”；或者按人品分为“人气”和“铜气”，为人正派、人缘好就是有“人气”，有信誉、容易借到钱就是有“铜气”。

土改运动中的一个重要环节是诉苦，让贫农诉说备受压迫之苦，整个过程非常仪式化，斗争大会像剧场一样。土地改革和“诉苦运动”一来，原有社会分类方式被彻底打碎，过去农民几代人省吃俭用才能翻身，共产党使他们一夜翻身，“诉苦运动”便成为建立国家政权、塑造认同观的手段。

除了社会身份的变化，农村的养老问题也在变革。《倾听底层》里有一篇文章很精彩，题为《代际关系中的公平逻辑及其变迁——对河北农村养老事件的分析》。河北某村有位76岁的老汉，轮流到三个儿子家吃住。大儿媳和孙女对他很不友善，有一次甚至动粗，而长子未加干涉。他觉得长子太不孝，将其告上法庭。最终长子每月出60元赡养费，由两个弟弟照顾父亲，从此父子互不往来。

这类事情我们听说过很多。到底农村老人生活得如何？郭于华深入调查后发现，有的老人“单着”，自己有力气就下地干活，孩子们自立门户，有时给点钱；有的老人“吃轮饭”，由几个子女分担赡养义务；少数老人比较特殊，跟儿子不分家，这种老人往往身边只有一个儿子，而且本身有点财产或社会地位。

费孝通[1]先生认为，西方代际关系是“接力模式”，中国则是“反馈模式”。西方父母有义务抚养子女，子女则未必赡养父母，而是着力培育自己的下一代，一代代就像接力赛。中国是父母养大子女后，轮到子女来照顾父母，这是一种交换关系，但不像市场契约下的物质交换那么简单，而是牵涉到亲情问题和社会观念。比如父母亡故后，子女有义务挑选墓地，操办葬礼，前往祭奠。子孙后代在享受祖宗的荫庇时，要做些事情来回报，比如考取功名光宗耀祖。

郭于华认为，现在中国代际冲突的重点是：父母强调养育之恩，认为子女回报父母天经地义；子女则注重财物方面，主要看父母给予他们什么东西，以及对他们好不好。父母期待子女遵从传统孝道，年青一代对待父母则讲求等价交换。

今天许多人觉得世风日下，人心不古，其实背后是制度问题。在传统宗族制度下，老人是家庭权力尤其是经济权力的掌有者，钱和地都归他管。现在通常是晚辈更有钱，因为父辈年轻时赶上“大跃进”和“文化大革命”，一穷二白。农村过去那套社会制度、经济制度日趋瓦解，维系传统孝道的宗族观念随之消解，处于新旧夹缝中的老人如何是好？空谈新道德建设恐怕没用。

（主讲　梁文道）

[1] 费孝通（1910—2005），江苏吴江人，社会学家、人类学家。一生实地调查与总结中国农村经济发展模式，著有《江村经济》《乡土中国》等。

## 《底层立场》

### 政府勿为失职开脱责任

于建嵘（1962— ），湖南衡阳人，中国社会科学院农村发展研究所研究员、社会问题研究中心主任。著有《岳村政治：转型期中国乡村政治结构的变迁》《抗争性政治：中国政治社会学基本问题》等。

政治权力的集团性垄断和社会各利益群体缺乏最为基本和公平的博弈，是目前中国社会最大的风险因素。

但凡关注今天中国现状的人，自然会注意群体性事件和维稳工程。中国社科院农村发展研究所社会问题研究中心主任于建嵘在旧文《中国社会面临的风险和出路》中提到：1993 年至 2004 年，全国社会群体性突发事件从 8709 宗增至近 70,000 宗，涉及人数从 70 万人增至 300 多万人。于先生认为中国已进入“风险社会”，政治权力的集团性垄断和社会各利益群体缺乏最为基本和公平的博弈，是目前中国社会最大的风险因素。

评论集《底层立场》中还收录一篇文章，题为《不是“人道关怀”，而是政府责任》。2009 年，一群湖南工人集体上访，要求深圳市政府出面解决尘肺病赔偿问题。这些工人曾在深圳建筑工地从事风钻工作，后来患上职业病，却因无法证明与用工单位的劳动关系而难获法定赔偿。因职业病的赔偿责任主要由用工单位承担，他们需要证明是否真的在那儿打过工，然而他们的雇佣关系证明已散失，或者以前是非正式雇佣关系。

深圳市政府的解决办法是“法律框架、人道关怀”——既然法律无法解决问题，只好人道关怀。于先生认为，这种说法掩盖了事情的本质。政府本来就对外来务工人员负有法律责任和政治责任，所谓“人道关怀”是一种伪善。

于先生指出：首先，深圳市政府并未尽到尘肺病的防治责任。尘肺病是一种职业病，影响劳动者的身体健康和生命安全，各级政府本应领导防治工作。其次，农民工在劳动关系中得不到保护，是政府的失职。再次，社会保障未能全民覆盖，农民工享受不到平等的社会福利，也是政府的问题。

尽管于先生说话尖锐，仍经常被政府部门邀请去讲课。他其实不是异见分子，总是苦口婆心地站在政府的角度，建议政府如何把事情做好。虽然他持底层立场，但话是说给政府听的，总在替政府着想。于先生认为，很多人对农民抱有误解，认为农民的维权行动向来很愚蠢。但在他看来，农民是以法抗争，从法律与政策中寻找行动依据。他接触过大量农村上访人员，惊讶于他们对法律与政策的了解程度。

农民维权是在合法的前提下，希望得到公平对待，然而地方政府部门滥用警力去截访，这不是让政府公信力沦亡吗？于先生认为，上访事件并非政治问题，而是利益问题。政府若视之为政治问题，就会感到很严重；若看成利益问题，恢复各种合法渠道，使社会底层的合法权益有所保障，则不会有太大的政治问题。

（主讲　梁文道）

# 《黑暗的声音》

## 用黑色的眼睛寻找光明

夏榆（1964— ），作家。生于山西大同矿区，高中辍学顶替退休的父亲当矿工，青年时期漂流京城。2002 年任《南方周末》文化记者，2012 年辞职潜心创作。著有《黑暗纪》《我的神明长眠不醒》《我的独立消失在雾中》等。

阅读是他在黑暗中的一个通道。

一个从社会底层出来的人，如何回视底层社会呢？夏榆是位很特殊的作家，曾任《南方周末》文化记者多年，却不像一般大报记者是科班出身，而是矿工出身。他在山西矿区长大，当过矿工，后来漂泊到北京，进入文化出版行业。基于这种人生经历，他创作的内容有很多独特之处。

《黑暗的声音》的一个重要主题是“黑色”。黑色是矿区的主色调，一般人觉得脏，夏榆却有另一番解读：“习惯了看到父亲归来时携带的黑色，因为矿井净水的短缺，父亲经常不洗澡就会回家。他的面孔和手臂是黑的，衣服也是黑的。只要他的动作幅度大的时候就会有煤屑落下来。记得我最初看见父亲的黑是害怕的，甚至是嫌恶的，但是等我看见白的时候，我才意识到，白比黑更令我畏惧。黑对于我的意义，则是日常的，平安的，吉祥的。”白色的绷带，意味着矿工的伤残。

矿工的身体经常被炭黑遮蔽，夏榆渴望一泓清水来洗涤自己，然而矿区的水总是污浊的。工友陈美良带他去水库游泳，他第一次看见辽阔的清水。对于常年待在矿井里的人来说，到了水库才知道辽阔的清水多么美丽。陈美良很喜欢在水库里游泳，后来可能是游往深水区时被藤蔓绊住了，或者是扎猛子时头部撞到坚硬的石头，生命飞逝在清水里。

年轻的矿工夏榆，听闻身边太多人的死亡：好伙伴赵松梦想当摇滚乐手，有一天在矿井里垒石墙，窑顶塌了下来，身体被截成两半；工友刘生是个很有活力的中年人，业余时间做点小本生意，有一天下井时睡在硐室里用铁管焊制的长椅上，不知何故再没醒来；矿区附近有火车经过，年轻人喜欢扒车，其中一个技术最好的人从飞驰的火车上摔下来，被巨大的车轮卷起来拖行数十米……

矿区保健站有位外科医生叫七虎，原是游手好闲的小流氓，后来去省里一家医院学了一年技术，回乡后专门医治矿工。他简单而冷酷地给受伤的矿工截肢，那些人多半成了他的牺牲品，下半身和下半生全毁了。终于有一天，他面临考验。弟弟被钢缆弄断双腿，他除了做出截肢的决定，无能为力。这一次，他终于感受到悲痛，抱住那双已离开弟弟身体的大腿哭倒在地。

夏榆喜欢在矿井看书，用过期报纸包好封皮，外罩塑胶袋，揣在怀里带到井下。从外表看，他和其他矿工无异，脸和手都是黑的。只要有时间，他就拿着矿灯看书，工友觉得他很另类。夏榆说，阅读是他在黑暗中的一个通道:“在人的尘世生活的场景之下,在土地、河流、山脉、森林、草木之下是沉厚的漫无际涯的黑暗。我就是黑暗中的一粒尘埃。如果我关闭手中的矿灯,在光消失以后,我就消失在黑暗之中。那时候我的肉体是没有意义的。我的肉体和黑暗之中的岩石、煤炭、木头一样成为纯粹的物质。我亮起灯的时候,我就是黑暗中异质的事物。而我在黑暗中,在一盏矿灯的映照之下阅读,我的姿态和形影就成为整个世界的一个稀有标本。”他还喜欢写作,因母亲喜欢文字,所以会鼓励他。父亲则不然,觉得写作不够男子气,对他施行冷酷的阳刚教育。

夏榆中学时的班主任当过矿工,有个脚趾被塌落的煤砸断,改行当老师后希望培养出几名大学生。他劝夏榆的朋友L好好念书。后来L考上城里一所会计学校,却莫名其妙被警察逮捕了,劳改了一阵子,被学校开除了。终于有一天,L写信跟夏榆说,我们去北京吧,北京是一座有王法的城市。

夏榆真的去了北京,觉得那里代表着光明与秩序。他成为“盲流”的一分子,一出火车站就看到很多跟自己相似的人,眼神迷离,神情茫然,不知该往何处去。在北京四处游荡之后,他终于等来一份工作——在一家艺术公司做文字编辑。那是一个庞大如同车间的公司,很像他早年见过的工厂。对于在矿井工作过的人来说,工厂如同天堂。矿工最向往的是工厂,因为那里干净明亮,阳光会从窗户照进来,不同于幽深不见天日的矿井。

这种背景出身的作家关注什么东西呢？夏榆写过一篇著名散文叫《失踪的生活》，谈在京居无定所的外地人的通信问题。1998年，他从北京的东边搬到西边，想找一个新的邮址。当时海淀区西苑乡有个邮寄处，其实就是乡政府办公室的窗台。窗台蒙满灰尘，每天从邮局送来的信件堆积在那里。有个三尺见方的竹筐，积满逾期未取的信件。夏榆发现一张明信片上面写着："姐姐，冬天来了，我这里很冷。盼你能寄来棉衣。千万千万。"明信片来自京城远郊一个劳改营地。看着歪扭的字迹，他想到一个被铁窗和镣铐围困的人，在严冬里孤立无助。他牵挂着这件事，后来看见又来了一张明信片："姐，我病了，昨天发烧了，这里的天气更冷了，盼姐能寄棉衣给我。千万千万。"终于，夏榆忍不住去找这位姐姐，希望将这个吁求转达给她。房东说，你来晚了，她两个星期前割脉自杀了……夏榆未感震惊，在外漂流几年，已听惯类似的故事。

（主讲　梁文道）

# 《中国的隐性农业革命》

## 农民收入增加源于非农经济

黄宗智（Philip C. C. Huang，1940— ），美籍华裔历史学家，加州大学洛杉矶分校历史系荣休教授。著有《华北的小农经济与社会变迁》《长江三角洲小农家庭与乡村发展》等。

新的消费模式带动农村生产项目的改变，农民投入的劳动力仍如以前密集，但养鸡鸭、种果蔬的产值增加了，所以收入提高了。

“三农”问题谈论了十几年，有没有好的解决方案呢？国内一些学者认为，最根本的解决之道是明确农民的土地私有财产权，产权一旦明确，很多问题迎刃而解。有人则认为土地一旦私有化，就会出现土地兼并现象，农民卖掉赖以糊口的土地后，若无其他谋生技能就会很凄惨。这是一个涉及意识形态争论的大问题，主张前者的一般称为右派，主张后者的称为左派。

黄宗智是国际赫赫有名的中国农村问题专家，也被视为左派健将，当然他本人并不认同这种划分。2004 年自加州大学洛杉矶分校退休后，他的写作目标读者群从美国学术界转向中国学术界。他认为小农经济是中国农业的一个基本特色，农业发展的关键在于农业劳动力产出或产值的提高。一块地过去需要 10 个劳动力，现在 5 个劳动力就有同样产量，这才叫发展。中国自明清以来一直是“没有发展的增长”——总产量提高了，但人均投入产出比并未提高。例如 18 世纪的长江三角洲，有人以为种水稻不如种棉花有利可图，实际上种棉花所需的劳动投入是水稻的 18 倍，收益却远远达不到这个比例。

中国的问题出在哪里？黄宗智认为，关键在于人口和劳动力相对过剩。这么多过剩劳动力如何安顿？只能让他们非常密集地聚在小块土地上劳作，形成小农经济。如果把美国大农场模式搬进中国，会有几亿人不知道该干吗。小农经济造成的普遍状况是长期贫困，一时半会儿饿不死，要吃饱也很困难。黄宗智认为中国自明朝以来一直处于这种状态，不过今天的中国正在经历一场“隐性农业革命”。近年中国农村的经济发展模式，既不同于英格兰模式来自种植和畜牧的结合，也不同于东亚模式来自现代科学选种和化肥效益。中国农村经济的发展主要来自食品消费变化导致的农业结构转型，源自非农经济发展带来的收入增加。过去中国人的食品消费是“八成粮食、一成蔬菜、一成肉食”，现在蔬菜和肉食所占比例提高了。新的消费模式带动农村生产项目的改变，农民投入的劳动力仍如以前密集，但养鸡鸭、种果蔬的产值增加了，所以收入提高了。

这种“隐性农业革命”意味着什么？中国人口众多，就业不足，传统失业就是无地可耕。一旦农民活不下去，国家就会出乱子。黄宗智认为今天中国的小农经济面临发展契机：第一，食品消费结构的转型；第二，人口膨胀压力受到一定控制；第三，城市化、工业化吸引了很多农民工，其余农民则采用新技术经营农业，比如用塑料拱棚种菜，虽然投入每亩地的劳动力比以前多，但产值也比原来高，意味着用更少的土地吸纳了更多就业人口。

经济学家西奥多·舒尔茨[1]认为，劳动力和其他生产要素一样是稀缺资源，理性经济人不可能为零报酬而劳动。黄宗智认为这种说法不符合中国国情：中国家庭为了生存，可以在土地上继续投入劳动力，哪怕边际报酬近乎零。如果是资本家在经营农场，那他早就不干了。但是，一个家庭不能不干，不然吃什么呢？

黄宗智也不同意刘易斯[2]的观点。刘易斯认为发展中国家现代经济与传统经济并存，形成"二元经济"，只要城市化、工业化继续开展下去，传统领域的剩余劳动力会全部被吸纳，收入普遍会提高。黄宗智认为，"二元经济"忽略了城镇较高收入经济与农村较低收入经济之间的非正规经济，比如农民进城打工，非正规经济的规模相当庞大，城镇的工业、服务业再发展，恐怕亦难全部吸纳。

面对巨大的人口压力，有没有解决之道呢？黄宗智认为应该"就地解决"，让农民安心种地，使生产出来的东西产值增加，从而改

---

[1] 西奥多·舒尔茨（Theodore W. Schultz，1902—1998），美国经济学家。曾任芝加哥大学经济学教授，1979年获诺贝尔经济学奖。

[2] 威廉·阿瑟·刘易斯（William Arthur Lewis，1915—1991），英国经济学家，研究发展中国家经济问题的先驱。1979年与西奥多·舒尔茨同获诺贝尔经济学奖。

善生活。关于土地的权属问题，黄宗智认为土地承包制应该保留，在此基础上建立以小家庭农场为主体的合作组织，而不是将土地卖给资本家去搞集约式大农场。一旦土地私有化，农民卖掉土地就一无所有，连非正规经济里的农民工都无退路。农民进城打工风险很大，没有任何保障，万一失业，回到农村还有土地可以勉强度日。

（主讲　梁文道）

## 《村庄审判史中的道德与政治：1951～1976年中国西南一个山村的故事》

灵魂深处闹革命

村庄审判史中的道德与政治

1951~1976年

中国西南一个山村的故事

应星 著

应星（1968— ），重庆人，中国政法大学社会学院教授、院长。著有《大河移民上访的故事：从“讨个说法”到“摆平理顺”》《“气”与抗争政治：当代中国乡村社会稳定问题研究》。

身体暴力逐渐瓦解了村庄作为“道义共同体”的传统，破坏了村庄传统的人际信任和制度信任。

应星是我很尊敬的一位社会学者，所著《大河移民上访的故事》（2001年）是研究上访现象的力作。在维稳成为主流政治话语的形势下，近作《“气”与抗争政治》（2011年）大受欢迎。相形之下，《村庄审判史中的道德与政治》（2009年）就不那么引人瞩目了。然而在他的“农村研究三部曲”中，这本著作同样极具现实参考价值。

1949年后，新政权面临“人的改造”问题。共产党认为旧社会那套道德逻辑不符合社会主义革命的目标，必须重新树立新道德，推行新德治[1]，人人都要“灵魂深处闹革命”。《村庄审判史中的道德与政治》一书，主要探讨共产党推行的新德治在农村的运作及其效果。

[1] 应星认为传统德治主要靠士大夫的自我修行，新德治则面向人民，试图在去自我、去家庭、去血缘的基础上建立以“人民”概念为核心的政治共同体。新德治彻底颠覆传统的社会地位结构，将原本最边缘的群体（比如农民）塑造为国家政治的主体，这就需要一整套“塑造新人”的治理技术。

这本书有理论深度，似乎很枯燥，幸好应星擅长叙事，讲了很多令人大开眼界的案例。

这本书沿用《大河移民上访的故事》中的地名“柳坪村”——这是个假名，因为按照田野调查的惯例，不能轻易透露调查对象的真名。书中一个核心人物是保农会武装队长王保卓，他虽是贫农出身，却不爱干农活，喜欢掺和事，像个小流氓。他在地主家帮工时勾引人家女儿，被发现后逃往外地。1949 年返乡，他积极投入对昔日地主的斗争中，很快当上武装队长。政治斗争形势千变万化，他处事圆滑，见风使舵，总算站稳脚跟。

20 世纪 50 年代初，以清匪反霸和农村土地改革为中心的一系列运动建立了一套以阶级斗争为核心的新德治。一种非友即敌、红黑对立的社会成员分类方式，一套以诉苦、批斗、工作组为核心的权力技术，使得身体暴力在阶级斗争中具有了合法性。在接二连三的政治运动中，身体暴力逐渐瓦解了村庄作为“道义共同体”的传统，破坏了村庄传统的人际信任和制度信任，阶级斗争慢慢演化为内部斗争。很少有人能够避免引火烧身，施暴者可能一夜之间沦为受难者。

参与阶级斗争的人经常是在泄私愤，平常看你不爽，这时候抓住机会整你。新政权需要拿“恶霸”的身体来树立人民革命政权的权威性，这与村民宣泄身体怨恨的需要不谋而合。外引的革命与内生的仇怨于是在庄严宏大的仪式中结合，这与其说是阶级政治的展开，不如说是身体政治的展开。

阶级斗争破坏了社会约束机制，比如在大饥荒年代，有人偷粮食吃，大家就毒打他，甚至打死他。以前农村对小偷的惩罚适度，现在为什么手段如此残酷？干部觉得自己的权威被冒犯了，而且担心若不强力镇压，上级领导会认为他路线不够坚定。“基层干部权力的扩展方向必须与国家所规定的斗争大方向相一致，才可能为国家所支持或默许。如果基层干部对粮食偷盗问题心慈手软、迟疑不决，那就必然会遭到上级的严厉斥责或严肃处理。”

人家想活命才偷粮食吃，你们活生生把他打死，抢回来的粮食应该归还人民公社吧？不，领导带头吃了。在这帮人眼中，只要跟对了领导，就能捞到好处。“尽管吃小灶主要是干部们的特权，但是积极分子总是可以或多或少沾点光。这是在生命异常脆弱的时候，为了身体上的自救，甚至仅仅是为了舔点干部小灶上的油星，也使有些人心甘情愿地积极投身到打人的游戏中去。”

有些人因为家庭出身不好，借此机会积极表现给领导看，以洗脱地主分子的“原罪”。其中有些人在土地改革中被批斗过，一股怨恨的情绪积聚在体内。他们忍辱负重地活着，那股怨恨终于在新一轮政治运动中找到了宣泄口，以“正义者”的身份毒打偷盗者，从中体验到复仇的快感。

由于害怕遭受身体暴力的惩罚，新的人身依附现象出现了，比如跟着领导走。忠诚无私是党员干部的核心原则，然而在农村贯彻得变形了。掌握资源分配权力的人往往成为普通农民人身依附的对象。

跟随领导残酷拷打偷粮者的积极分子，表现出来的就是变形的“忠诚无私”。

1954 年，王保卓成为柳坪村第一位共产党员，此后官运亨通。他一向生活作风不好，对党却很忠诚。忠诚就要对党说真话。1959 年闹饥荒，区委硬性分配给他们公社大量粮食征购任务，王保卓调查之后反映说农村确实无粮，结果被撤职。也就是说，真话不能全说，要懂得变通，这才是干部成熟的表现。

那是王保卓第一次受到处分，后来又被起用了。尽管他又因贪污受到党内严重警告处分，但他凭借坦白交代的态度获得党组织原谅。1976 年，他终于被“双开”了。有些地主出身的女人，希望依靠成分较好的男人来洗刷阶级阴影，他就经常占这种便宜。在那个讲“阶级出身论”的年代，他与地主子女的性关系被视为跨越了阶级的界限，党组织无法容忍阶级沟壑被身体关系所填平。生活作风是个可大可小的问题，有时可以成为政治斗争的利器。在政治斗争中，起决定作用的是能否获得上级的庇护。这次他犯了一个致命错误——企图诬陷领导，最终被开除党籍和公职。

通过一场场政治运动，新政权希望推展新的道德观，然而运动变来变去，以致最终丧失了标准。缺乏理性规范的新德治让人无所适从，人们只好跟着派系走，残酷地斗来斗去。

（主讲　梁文道）

# 《夏村社会：中国“江南”农村的日常生活和社会结构（1976—2006）》

乡土社会新涟漪

萧楼（1972— ），本名章伟，浙江三门人。社会学博士，长期从事文化人类学和社会学研究。著有《村落的政治》等。

村里没多少人农耕，基本上都在搞“水泥庄稼”——农民将土地转让给开发商，或者出租房屋，然后靠租金吃饭。

20 世纪 40 年代，费孝通先生提出一个著名说法：中国社会结构是“差序格局”，就像把一块石头丢在水面上，一圈一圈的波纹从中间扩散出去；西方社会则像在捆柴，每个个体是一根柴，一些个体捆成一个个团体，由此构成整个社会。[1] 中国社会以“己”为中心，扩展出去有父母、子女、配偶等近亲，然后是亲戚，一直到村里、乡里乃至全天下的人。

---

[1] 费孝通在《乡土中国》一书中认为，西方社会像在田里捆柴，“几根稻草束成一把，几把束成一扎，几扎束成一捆，几捆束成一挑。每一根柴在整个挑里都属于一定的捆、扎、把。每一根柴也可以找到同把、同扎、同捆的柴，分扎得清楚不会乱的。在社会，这些单位就是团体”；而中国社会像是“把一块石头丢在水面上所发生的一圈圈推出去的波纹。每个人都是他社会影响所推出去的圈子的中心。被圈子的波纹所推及的就发生联系”。与西方个人主义不同，中国是自我主义，以“己”为中心，讲究推己及人。

“差序格局”的说法是中国社会人类学研究最重要的贡献之一，然而几十年过去了，是否应有所修正和发展呢？传统中国社会已经发生巨变，动力主要来自1949年后新政权发动的一场场政治运动。费孝通先生晚年对“差序格局”的局限有所反思，曾提出用“场”[1]的概念来补充，可惜未能系统阐述。

萧楼是位很有雄心壮志的社会人类学学者，在博士论文的基础上撰著《夏村社会》，试图延续费孝通先生的“差序格局”思路，发展出一个更新锐的模型来捕捉中国农村的变化，同时跟西方学术前沿进行对话。这本书饱含学术话语，让我感觉作者有点用力过猛，某些观念的澄清似乎没必要巨细毕究，否则增加了阅读的难度。

大概是费孝通《江村经济》树立的典范，这类书很多都拿一个村庄说事，假定透过一个样本村就能反映中国农村的状况，尽管研究对象有无代表性尚待商榷。萧楼选择的田野调查对象“夏村”是浙江的一个村落，其实它已经不是传统农村，因为早就城镇化，村里没多少人农耕，基本上都在搞“水泥庄稼”——农民将土地转让给开发商，或者出租房屋，然后靠租金吃饭。

萧楼在夏村做过多年田野调查，试图全景式地描述村庄1976年至2006年的变迁过程。这是一个相当庞大的计划，涉及夏村30年

[1] 1997年，费孝通在《反思·对话·文化自觉》一文中认为：“场就是一种能量从中心向四周辐射所构成的覆盖面。在这一片面积里，所受不同强度只有程度上的差别、深浅、浓淡等等。但是划不出一条有和无的界线。”

的政治、经济、习俗、历史记忆等。在浙江这种富庶的长江中下游地区，村庄并非孤立存在，而是与区域经济乃至世界经济紧密相连，外部力量的影响也会融入乡村文化。

《夏村社会》试图告诉我们，传统由血亲、姻亲等人伦关系构成的“差序格局”并未消失，只是新丢进了一块“石子”——职业，个体多了一个职业身份，比如老板、自雇者、雇工等，由此构建出新的关系网。在乡土社会里，这两套关系网并非互相排斥，而是互相影响，形成动态的“差序场”[1]。

夏村是一个没有农业的村庄，村民要么自雇，要么被雇。除了老板、自雇者、雇工，还有农村常见的一类人——闲人。有些年轻人总是混在一起，晚上娱乐，白天在熟人的店铺里休息，或者在熟悉的工厂里聊天。除少数人被雇为保安、店员，大部分人都在“玩”。

这些人靠什么生存呢？萧楼困惑不解，后来发现其中的奥秘。有个年轻人说，他在并无血缘关系的“兄弟”的店里混，没有工资，也没钱入股，只是有时候帮忙料理一下，然后“兄弟”抛包烟给他，或者一起下馆子。计划生育政策改变了传统的亲属结构，夏村的年青一代就以“拟亲”的方式修复，重新建构自己的社会关系。

（主讲　梁文道）

---

[1] “差序场”的两颗“石子”，指家庭和职业。萧楼认为，“差序场”是个人家庭生活空间和职业行为空间的复合体，超越了血缘和地缘关系。“差序场”的稳定运行，取决于家庭和职业关系的平衡。

# 《中国在梁庄》

## 落寞乡村的生存镜像

梁鸿（1973— ），河南邓州人。文学博士，中国青年政治学院中文系教授，致力于中国现当代文学研究、乡土文学与乡土中国关系研究。著有《出梁庄记》等。

在农民眼里，他们只是被拯救者，不是主人翁，好与不好只能被动接受。

有些书试图通过一个村庄看透整个中国，这种方法有问题吗？很难说某个村就代表中国农村，能否令人信服主要看作者的功力。梁鸿是搞文学研究出身的年轻学者，写过很多备受好评的论文，《中国在梁庄》则是一个比较特殊的尝试。她回河南老家“穰县梁庄”[1]待了将近五个月，记录下所见所闻。这本书不是科学的田野调查，近似于纪实文学，未夹杂太多意识形态、学术方法和理论术语，读者较易接受。

去过农村的人可能会觉得中国很多村庄像梁庄一样，弥漫着灰沉感觉。在农村普遍困顿的状况下，出现了一些骇人听闻却又似乎不足为奇的现象。比如2006年1月23日，穰县公安局从镇上高中带走一位少年，因他涉嫌奸杀一名82岁的老太太。2004年4月2日，

[1]“穰县梁庄”是个虚构的地名，“穰县”为邓州市的旧称，梁鸿家乡为邓州市张村镇宋庄。

人们发现老太太朝着门的方向斜躺在床上，脚耷拉在地上，下身赤裸，地上、床上、身上全是血，头部被砸了一个大窟窿。公安局很快确定是强奸案，但不久宣布是一起偶发性案件，可能是过路人所为，于是不了了之。2005 年省公安厅要求“命案必破”，老太太的女儿再次告状，县公安局才派人驻村调查。村里有些男人被反复审问，其中两人患上精神病。

公安局经过 DNA 检测，锁定犯罪嫌疑人王家少年。村民非常震撼，因为这位少年内向斯文，不像干这种事的人。原来有一天晚上，王家少年在 DVD 机上看了一张黄碟，半夜起来小便时，走到老太太住的小屋，用锄头和砖头将她杀害，然后实施强奸。王家人试图减轻孩子的罪行，找人做假证，说他未满 18 周岁。但老太太的女儿死活不肯放过他，拼命要求法院判处其死刑。后来梁鸿去见被关押的少年，发现那是一个单纯、善良、内向又有些教养的孩子，顿时崩溃得哭了。

梁庄处于一种精神委顿的状态，有人觉得教育是出路，但现实又如何呢？梁庄原来有一所小学，是一个有围墙的四方大院子，院子中间有一根旗杆，以前每天早晚升降旗。然而小学已关闭将近 10 年，院子空旷处早被开垦成菜地，不锈钢旗杆被校长卖掉，只剩水泥底座。曾经有村民承包校舍养猪，白天在院里放养，晚上赶进教室。校门口墙上的标语“梁庄小学，教书育人”，被人改成“梁庄猪场，教书育人”。后来教育局认为不雅观，才不让养猪。

梁鸿曾在梁庄生活近 20 年，回想以前梁庄小学最兴旺时，上学钟声一响，村民的敬重之心油然而生。然而现在大家挣钱第一，虽然也为孩子的学习焦虑，却不会心痛。乡村的文化氛围越来越淡薄，大家眼睁睁看着学校荒败。有人大学毕业后找不到像样的工作，最后还得出去打工。“读书无用论”越来越得到认同，很多人觉得与其毕业后找不到工作，不如早点出来打工，起码不用交学费，也不用让家人背一屁股债。

在这种状况下，政府做了些什么呢？穰县有个文化茶馆，原本应该搞远程电视教学，或者像县委书记说的恢复传统戏曲、舞狮等艺术，现在却成了“麻将馆”！基层民主也一直存在问题，从村支书与乡党委书记的关系可见一斑。村支书仰赖乡党委书记得到职位，若不想干了，乡党委书记却拿他没办法。事实上，村支书的身份很暧昧：不是国家干部，却承担着落实国家政策的重责；不是官，却是个大事小事都有人找的“大人物”。如果村里有钱，当干部或许能捞点好处；如果是个穷村，当干部是义务劳动，很少有人愿意当。

中国农民对政治似乎很冷淡，始终处于消极被动的状态。在农民眼里，他们只是被拯救者，不是主人翁，好与不好只能被动接受。梁鸿指出问题所在：农民并不知道自己拥有什么权利，你要他关心生计以外的事情，首先得给他权利；农民真正拥有东西，才会觉得是主人翁，如果你长期只是给他一点好处，他自然只能当个被喂养的孩子。

（主讲　梁文道）

# 《一个村庄里的中国》

## 农民素质问题站不住脚

熊培云（1973— ），江西永修人。毕业于南开大学、巴黎大学。南开大学传播学系副教授，专栏作家，思想国网站创始人。著有《思想国》《重新发现社会》《自由在高处》等。

当农民被逼下跪，我看到的不是国民性，而是强权不被遏制。

某省电视台拍摄农民聚在一起打麻将的场面，以此反映农民的素质。记者问乡干部，难道你们就没有一点精神追求？乡干部快人快语顶回去，你说我们打麻将没精神追求，你们搞电视的做出什么好东西让我们追求了吗？这话说得太对了！任何歧视农民的人应该反省自己的说法是否客观。

关于农村教育问题，有一则故事在汶川大地震后常被提及。1939 年，中国纪实摄影先行者孙明经[1]骑马入川康科考。他发现西康地区的校舍大都宽敞明亮，学生衣着整齐，有些县政府却破烂不堪。他好奇地问一位县长："为什么县政府的房子总是不如学校？"县长的回答是："刘主席说了，如果县政府的房子比学校好，县长就

[1] 孙明经（1911—1992），祖籍山东，生于南京。摄影家，被蔡元培誉为"拿摄影机写游记的今日徐霞客"。1936 年于金陵大学开创中国电影与播音高等教育，1937 年至 1944 年有过四次行程超万里的科考拍摄，1952 年参与创建中央电影学校（今北京电影学院）。

地正法！”县长口中的“刘主席”，是著名大地主刘文彩[1]的弟弟刘文辉[2]。这话有点野蛮，然而今昔对比，不能不令人慨叹。

这两则故事出自《一个村庄里的中国》这本书，作者是经常撰写评论文章的熊培云。这本书相当受欢迎，风头跟《中国在梁庄》一样劲。两本书都试图以小见大，《中国在梁庄》谈华中地区河南某村，《一个村庄里的中国》谈华东地区江西某村。相较而言，熊培云做了更大范围的思考，整合古今关于农民的说法，尤其是民国知识分子对农民问题的看法。

《一个村庄里的中国》关注的核心问题是农民的权利。当年可以分地，于是农民高高兴兴参加革命。然而农民拥有地权只是昙花一现，1953 年就迎来了农业合作化浪潮，几年间又悉数交公。当时就算拥有私人土地也没有出路，因为统购统销政策让你无法在市场里自由交换，连给自己产品定价的权利都丧失了。传统意义上的“农民”消失，他们有了新称呼——社员。改革开放后搞起了承包制，土地也没有真正回到农民手中。

熊培云提出一个很有意思的说法：昔日是“普天之下，莫非王土”，今日则是“普天之下，莫非国土”，二者是土地所有制的两个极端。“莫非王土”意即天下的土地只属于王一人，“莫非国土”则是天

[1] 刘文彩（1887—1949），四川大邑县安仁镇人，仰仗弟弟刘文辉的权势发家致富。

[2] 刘文辉（1895—1976），毕业于保定陆军军官学校，曾任国民政府四川省政府主席、西康省政府主席，1949 年年底投诚共产党。

下的土地属于所有人，然而不属于具体的个人，属于抽象的集体，终究不是“普天之下，莫非民土”。

当农民失去土地而又不能自由流向城市时，他们面临着双重尴尬。严格的户籍制度将农民捆绑在土地上，农民即使流入城市也不是市民，回到农村后又不真正拥有土地。熊培云认为，这不是“农民拥有土地”，而是“土地拥有农民”。

过去60多年，农村不断被牺牲，连一棵树都不放过。为了绿化城市，很多乡镇的古树被树贩子盗走或买走，有些则直接被政府拔走。大城市在建设“森林型生态城市”的口号下，热衷于“大树进城”，挪来深山老林里数十年甚至数百年的大树。房地产商以百年古树为卖点，标榜所建楼盘是生态小区的典范。然而“人挪活，树挪死”，即使24小时不间断喷水，仍有70%的大树变成干柴。每当熊培云看到城里某处突然多了一棵古树，他想到的是：“这是谁的故乡被拐卖到了这个角落？”

有一年，熊培云回县城参加图书馆开馆仪式，发现沿途田地种了很多树。为何农田还要搞绿化？原来是省里要求种的，叫作“一大四小”工程[1]。当时江西省森林覆盖率已超过60%，全国名列第二，

[1] 在2005年全省森林覆盖率达60.05%的基础上，江西省2008年提出建设“一大四小”工程：“一大”即抓好宜林荒山造林，确保到2010年全省森林覆盖率达到63%；“四小”即抓好县城和市政府所在地的绿化，抓好乡镇政府所在地的绿化，抓好农村自然村的绿化，抓好基础设施、工业园区、矿山裸露地的绿化。

哪里用得着搞绿化工程？后来新闻调查说，江西强占耕地建 225 亿元绿化林，砍大树种小树，有些杨树已有一二十年树龄也被砍掉。老百姓戏谑说，“一大四小”工程就是“砍一棵大树种四棵小树”。

不仅省级决策机制有问题，基层政治同样问题多多。熊培云遇到一位开明的镇党委书记，这个人很大胆地说，“党政分开”喊了很多年，但目前来看不如不分开，因为大事由书记拍板、政府执行，出了问题则由政府负责，作为决策者的书记却没有责任，这种权责不统一的制度设计不就是为了保护书记吗？这位镇党委书记还谈到乡镇政权的尴尬：乡镇名义上是一级政权，实际上有名无实，什么也决定不了，现实是上面决策、下面执行，出了事由乡干部背黑锅，乡镇干部有点像“人体盾牌”。

城里人常常横加指责，说农民素质不好，没有精神追求，甚至不太爱国。抗战之初，有人呼吁农民从军报国，结果发现很多人不愿意，要么花钱躲兵役，要么外逃，要么谎报年龄。日本鬼子来了，农民为何这么“不爱国”？熊培云认为，晚清以来中国兵祸连连，农民对战争已经麻木。据统计，1929 年中国兵额达 220 多万，军费开支占全国支出的 92%，而世界五大强国的合计兵额仅 206.6 万。在这种状况下，武昌发生过村民殴打大学生宣传员的事件，说你们是帮政府压迫我们，我们先打死你们再去打日本人。

到底农民的素质有没有问题？熊培云认为，没必要去讨论子虚乌有的农民性或者国民性问题，农民并不愚昧，只是艰辛，而这应归咎于时代。“明明是制度性的批评，为何要异化为对国民性的批评？当农民被逼下跪，我看到的不是国民性，而是强权不被遏制；当市民不排队，我看到的不是国民性，而是公民教育缺失；当一位老人摔倒在街上却没有人敢去扶起他，我看到的不是国民性，而是法院此前的裁决没有守住社会正义的底线；当海选出现混乱，我看到的不是国民性，而是民主需要持之以恒的训练。在我眼里，从来没有什么国民性，有的只是人性、观念与权力的作为。”

（主讲　梁文道）

# 士人风骨

## 《在历史的风陵渡口》

### 革命叙事缺陷

高华（1954—2011），江苏南京人，历史学家。南京大学历史系教授，主要从事中国现代史、民国史、中国左翼文化史、当代中国史研究。著有《红太阳是怎样升起的：延安整风运动的来龙去脉》《革命年代》等。

我们很熟悉这种“革命叙事”，其“宏大叙述”影响甚深，就连日常生活语言都烙下痕迹。

高华教授去世后，很多人缅怀他。他在当代中国史学界的地位很重要，唯一在中国内地出版的文集《革命年代》我先后买了三本，皆不知被谁拿走，受欢迎程度可见一斑。

《在历史的风陵渡口》是在香港出版的论文集，部分文章跟《革命年代》重合。其中一篇题为《叙事视角的多样性与当代史研究——以50年代历史研究为例》，很能体现高华教授毕生治学之关怀所在。

高华教授发现，当代中国有关近现代史的叙述，大致分为两种类型：革命叙事和现代化叙事。“革命叙事”主要论证中国近代革命的合理性和必然性，“现代化叙事”则主要论证100多年来中国现代化进程的经验和教训。这两种叙事方式均存在缺陷。在“现代化叙事”中，中国内部因素经常被不经意地忽略了，而“革命叙事”对中国历史学的负面影响更大。

20 世纪 50 年代中后期，“革命叙事”逐渐走向僵化和教条主义，过分追求“宏大叙述”。基本特点是：第一，预设立场，无限制地扩张历史学的宣传、教化功能。以权威论述或权威文件为指导，有选择地剪裁史料来论证某种权威性论述，对复杂的历史进程做简化的“必然性”解释，遮蔽许多丰富鲜活的历史层面。第二，在叙述方式上，频繁使用某种不言自明或无法证明的集合性语汇。第三，在语言运用上，过分诉诸感情，具有某种居高临下的训导式风格。

我们很熟悉这种“革命叙事”，其“宏大叙述”影响甚深，就连日常生活语言都烙下痕迹。高华教授认为这相当不妙，我们应持一种客观中性的“灰色历史观”，不要故意忽略那些互相冲突的资料和观点，对重大现象的研究不要故意回避事实，不要只进行概念的推理和演绎。

假如摆脱革命史观来看中国当代史，可能会有点敏感。过去常说当代人不修当代史，甚至连“当代史”的说法都未必成立。高华教授认为，1840 年以后该传统已被打破，我们有足够的能力来修当代史。

1949 年后，修当代史长期提不上议事日程，主要是因为社会已有高度统一的新意识形态提供对历史、现实和未来的全部解释，形成对全体社会成员统一的认识和叙述的要求。这种规范以“大叙述”“大概念”为基本框架，辅之以简明化的材料，以凸显所谓历史铁的逻辑演进规律，忽略差异性和历史面相的多重性。

“革命叙事”强调1949年就是一个分水岭，过去是个晦暗无光的世界，现在迎来无限光明。这个间隔将20世纪的历史截为两段，视彼此毫无关联。高华教授认为，应跨越这种人为的间隔。他特别注重1949年前后的延续性，认为一些历史性的长时段因素仍在继续发挥作用，并未因1949年新政权的统治而中断。很多原以为建国后诞生的现象，其实根源早在20世纪20年代就已埋下。

这本书收录了另一篇重要文章，题为《阶级身份和差异：1949—1965年中国社会的政治分层》，主要谈“阶级出身论”。这套理论在1949年后兴起与发展，有着深刻的社会历史根源，其思想背景是马列的阶级斗争、暴力革命和无产阶级专政学说。但它并不是一套完整系统的理论，甚至不符合原典马克思主义，更接近于“父债子还”“株连九族”的历史传统。

中国共产党对“阶级出身论”的合理性未多论及，长期以来，它只是依存于阶级斗争理论的范畴之下。在争取革命胜利的阶段，它是一种动员手段，旨在建立共产党的阶级基础和社会基础。革命成功后，它被用来清算敌对阶级，改造和重建社会。

“阶级出身论”不是一套能够自圆其说的理论，却是一个很好用的工具。尽管它产生了很多副作用，使得党内和民间社会曾经一度保持长期的紧张情绪，却有助于建成一个高度一体化的国家结构。

身为优秀的历史学家，高华教授敏感地注意到一些易被忽略的史料，然后发挥小说家般的想象力进行解读。他在《北京政争与地方——释读〈江渭清回忆录〉》一文中引述的资料就非常有意思。曾任江苏省委第一书记的江渭清[1]在回忆录中提到，1957 年 7 月上旬，毛泽东不辞酷暑到南京，为抓“右派”找部分高干谈话。毛泽东质问道：“你们江苏省委书记、常委里头，有没有右派？为什么不反？”江渭清回答：“主席啊！哪个人没有几句错话呢？您老人家说的嘛，十句话有九句讲对，就打 90 分；八句话讲对，就打 80 分……”毛泽东大发雷霆，拍着沙发旁边的茶几说：“你到底反不反右派！”

毛泽东乃“一国之尊”，为何直接干预一个省委内部的“反右运动”？高华教授分析道：1957 年夏，就在毛泽东赴南方推动“反右运动”之际，北京已开始大抓党内“右派”，但尚未在中央与国家机关的党内正副部级实职高干中展开。毛泽东可能有所不满，希望从地方领导干部中抓一批“右派”，以证实自己“党内外右派配合向党进攻”的论断。

江渭清圆熟地避开毛泽东的攻势，表态说：“要反右可以，请您老人家下令把我调开，另外派人来。因为是我先‘右’嘛！您先撤了我，让别人来反。”毛泽东挺信任江渭清，这时怒气消了，说：“那好嘛，你就不要反嘛！”然后，毛泽东带着幽默的口吻说：“渭清啊！

[1] 江渭清（1910—2000），湖南平江人。1929 年加入中国共产党，1956 年至 1959 年任江苏省委第一书记。因与毛泽东的老部下谭震林关系密切，深得信任与重用。1996 年出版《七十年征程——江渭清回忆录》。

你是舍得一身剐，敢把皇帝拉下马。”江渭清回答：“主席啊！我是舍得一身剐，要为您老人家护驾。”

高华教授分析道：上述一问一答，颇真实地反映了 20 世纪 50 年代毛泽东的精神面貌，毛在特殊情况下也有纳谏的“雅量”，关键要看是谁进谏、进谏的态度和涉及的问题。江渭清态度恭敬，虽有口角顶撞，但私心只是为了保护部属。毛泽东对他一向有好感，知道他绝非蓄意抗上，也就顺水推舟，不再当场抓住他不放。

（主讲　梁文道）

# 《士人风骨》

## “颂圣”折弯士人道统

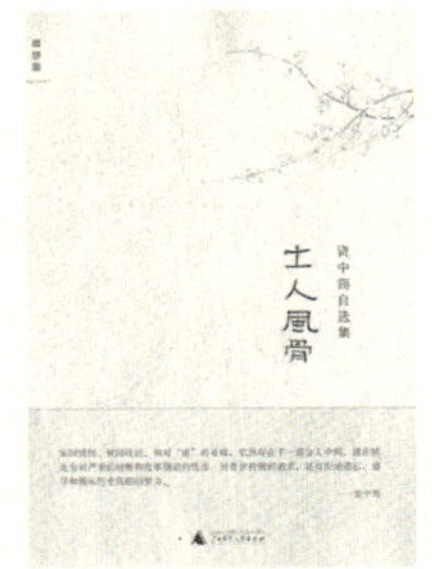

资中筠（1930— ），祖籍湖南耒阳，生于上海。清华大学外文系毕业，资深学者，国际政治及美国研究专家，中国社会科学院美国研究所退休研究员、原所长。著有《财富的归宿——美国现代公益基金会述评》等。

肯定、否定，都是我自己的，有无价值，以此为准，还不至于要凭借曾为大人物（不论中外）服务来抬高自己。

资中筠先生风度翩翩，见者无不倾倒。很多女性说，但愿自己红颜老去时，也能这么好看。资先生是当今学术界最受尊敬的老前辈之一，晚年推出五册《资中筠自选集》[1]，广受赞誉。

资先生有一篇文章很有趣，题为《关于我的履历》。公共场合常有人提及她“曾为毛主席和周总理等国家领导人做过翻译”，有时还加上“参加过尼克松访华的接待工作”。起初她不以为意，后来愈感不是滋味。为澄清自己并非此类靠曾担任高层翻译而“吸引眼球”之人，她说自己年轻时“被分配做了十几年翻译，并非

[1]《资中筠自选集》按题材分为五卷——《感时忧世》《士人风骨》《坐观天下》《不尽之思》《闲情记美》，2011 年由广西师范大学出版社推出。

初衷。那时‘此身非我有’，工作不是自选的。后来越来越感到厌倦，对因工作关系而得以见‘大场面’，接近‘大人物’，兴趣索然”。

资先生有点不解：工作半个多世纪，仅短短五六年有过帮领导人翻译的经历，难道其他都不足道？她自谦后半生虽碌碌无大成就，但多少有所思考，“形诸文字，任人评说。肯定、否定，都是我自己的，有无价值，以此为准，还不至于要凭借曾为大人物（不论中外）服务来抬高自己”。

为坚守独立人格，资先生不厌其烦以正视听，风骨卓然。然而像她这样坚守知识分子道统的人，似乎越来越少了。关于这个问题，她在《中国知识分子对道统的承载与失落》一文中分析透彻，令人震撼。

资先生追溯先秦诸子百家，看看当时的大思想家是如何与政治人物打交道的。她发现孟子“与‘王’谈话是教训的口吻，一副‘帝王师’的架势，是后来的‘士’所艳羡、向往而再也做不到的。孟子表达了当时儒家治国的最高理想，现在经常引用的‘君轻民贵’之类的话，虽然不能附会为现代民主原则和民本思想，但在等级制度正在发展、巩固的时代，提醒在位者重视‘民’，已属难能可贵。他以特有的坦率而透彻的风格，提出的理想社会和对君主提出的要求，是专制君主不愿意也做不到的”。

战国后期，知识分子的气度已变。《战国策》里那帮人不再是“帝王师”，只是舌辩之士，用舌头混饭吃。他们只是“谋士”，总是准备上、中、下三策供君主选择。他们的目标是助王称霸，不再是促王行仁义。他们讲究的是“术”，不是“道”。从道德层面看，他们也不再坚持原则和人格独立。此后，读书人日益与现实政治紧密结合，经典著作仅仅被当作治国的工具。

在尊崇孔孟之道的时代，“士”的精神传统有三大特点：第一，以天下为己任，忧国忧民，有家国情怀。第二，重名节，讲骨气，士林有相对独立的价值体系和判断标准，如“三军可以夺帅，匹夫不可夺志”“富贵不能淫、贫贱不能移、威武不能屈”。第三，“颂圣文化”，将爱国与忠君合二为一，而且忠君是绝对的，见用则“皇恩浩荡”，获罪则“臣罪当诛兮，天王圣明”。

士人这三大精神特质，在五四时期有了一个鲜明变化。知识分子告别“颂圣文化”，正是新文化运动的精髓。当时虽是专制政府，高压统治，甚至搞暗杀，但知识分子总体上保持着气节和价值共识。比如张奚若[1]在国民参政会上发言，被蒋介石打断后拂袖

---

[1] 张奚若（1889—1973），陕西大荔人，曾任国民政府高等教育处处长、西南联大教授等职。1941 年 3 月 1 日，他在国民参政会二届一次会议上抨击国民党当局时，蒋介石插话说：“欢迎提意见，但别太刻薄！”他一怒之下拂袖而去，下次接到开会通知和路费，当即回电报说“无政可议，路费退回”。

而去，从此拒绝参加。知识分子敢跟政权作对，不怕官员的脸色。

1949 年之后，情况发生变化。1950 年，燕京大学一位美籍教授回国，学生送了一块“春风化雨”的匾，结果被上级严厉批评，学校党支部深刻检讨。借此事件，清华、燕京等与外国关系较多的大学开展了“肃清帝国主义思想影响”的运动。

过去经常搞政治运动，知识分子几乎都写过令自己汗颜的“思想检查”，资先生说“笔者当然不例外”。从此，知识分子的独立人格荡然无存，不但是非标准，连审美标准也不再有自主权。你“清高”就要挨骂，自以为不问政治，政治却要来问你。你有骨气也要挨批，对人民必须折腰。“旧道德”也要反对，家庭伦理、朋友信义等都以阶级划线，反对小资产阶级温情主义。当时甚至鼓励投机，过去士大夫视之为丑恶，如今“投革命之机”越快越好。

资先生认为，士人道统的衰落与知识分子自身也有关系。19 世纪中叶至 20 世纪中叶的留学生主要是“偷天火”，企图回国进行启蒙，改变黑暗落后的现状。今日留学生则主要为自己谋前程，即使选择回国发展，大多也不是改造社会而是被社会改造。她慨叹：“各人自扫门前雪，形不成道义的压力。……有识者所忧虑的社会危机都是长远之事，至少目前还能在歌舞升平中苟安于一时，何苦自寻烦恼？”

资先生分析，中国经济增长迅速，国际地位空前提高，一部分知识分子在收入和社会地位方面是得利者，便以各种“理论”维护现有体制，否定必要的改革，为显而易见的弊病辩护。还有一部分所谓的“文人”因夸张地、超越起码人道底线地“颂圣”而名利双收。

极端国家主义思潮如今大行其道，有的表现为“国学热”，有的表现为排外、仇外，有的重新肯定古今一切“传统”，有的公然倡导“政教合一”。这些论调大多殊途同归。资先生指出，百年近代史上，每逢改革到一定程度需要转型的关键时刻，总有以“国粹”抵制“西化”的思潮出现，以“爱国”为名，反对社会进步，行祸国之实。这种言论具有一定迷惑力，因为它能打动国人敏感的情结，即“五千年辉煌”与“百年屈辱”，将一切不满转向洋人。以“反洋”为旗号的，无论理论上如何不合逻辑、歪曲历史，无视客观现实，在表面上却常占领道义制高点。摇旗呐喊者以虚骄的对外的“骨气”，掩盖实质上与权势的默契和“颂圣”。

中国知识分子难道要继续这样丢人现眼吗？或许是时候重拾失落已久的士人道统了。

（主讲　梁文道）

# 《权力的毛细管作用：清代的思想、学术与心态》

盛世言论最不自由

王汎森（1958— ），台湾云林人。美国普林斯顿大学历史学博士，师从余英时教授。台湾“中央研究院”副院长。著有《章太炎的思想》《中国近代思想与学术的系谱》等。

这些禁忌在大清律例里找不到一丝痕迹，却像无边无际的海洋裹挟着一切，连皇子都要自我压抑。

今天常说康雍乾三朝是盛世，却忘记了这一时期也是文字狱最盛之时。文字狱历朝皆有，尤以清代最多。现在很多人把《四库全书》当宝，殊不知这套书恰恰是禁书运动的成果，里面收录的都是所谓“政治正确”的书，那些不正确、不健康、不道德的内容早被剔除得干干净净。

清代的文字狱是如何开展的？文字狱如何影响了社会风气？论文集《权力的毛细管作用：清代的思想、学术与心态》里最有趣的一篇文章就谈了这个问题。作者王汎森是台湾“中研院”院士，也是台湾史学界数一数二的重量级人物。我曾有幸在一个饭局上结识他，他的朋友张大春[1]告诉我，王汎森这辈子没用过圆珠笔。这怎么可能？

[1] 张大春（1957— ），台湾作家。著有《四喜忧国》《公寓导游》《城邦暴力团》等。

怎么这个年代还有这样的人？后来我发现王汎森果然随身携带毛笔，连写个联系方式也用毛笔！

论及文字狱的文章题为《权力的毛细管作用——清代文献中“自我压抑”的现象》。看到这个题目，对理论敏感的人会联想到福柯[1]，因为“权力的毛细管作用”这个概念来自他。在清朝皇权专制下，政治、道德、权力等各种力量就像水分子的毛细管作用一样，渗入日常生活的每一个角落。这些力量交织在一起，像风一样吹掠而过，形成无处不在的影响，在老百姓最微细、最日常、最私密的空间里发挥着作用。在那个文字狱盛行的年代，议论时政是很容易玩火自焚的，题献颂诗也可能马失前蹄。换句话说，你骂政府会死，拍错马屁也会死，最后只好缄默——这就是权力追求的压制效果。

乾隆皇帝对皇权的自我想象是非常有趣的。他想做一位千古帝王，自以为文化水准高人一等，喜欢为文化定标准，很多前朝流传下来的书画珍品上都留有他的题字，斗大一个印盖下去，特别破坏品位。他还有一种独特的历史观，认为本朝人应忠于本朝——你活在什么政权底下，就该好好听它的话，跟你是什么种族无关。

乾隆当年搞《四库全书》，最初想搞成类似《大藏经》那样的全书，后来决定趁此机会广泛搜罗民间的禁书。什么是禁书？那年头有很多敏感词，比如皇帝御用的“敕”字，老百姓不能用；

---

[1] 米歇尔·福柯（Michel Foucault，1926—1984），法国哲学家。著有《疯癫与文明》等。

“汉”“明”“清”“夷”等字也不能随便用；称呼清军不能叫“清师”，而应叫“大兵”“王师”。我们翻遍《明史》找不到“千钧一发”这个词，因为清朝施行“剃发令”，你说一根头发可以系千钧重量，是不是你对剃发很不满呢？

风声鹤唳的文字狱导致很多冤案的出现。有人跟别人结下仇怨，就诬告对方藏有禁书，或者写的东西犯忌。仅这一条，就足以下狱！思想控制如此严密，当时很多文人都不敢出书。郑板桥曾刊刻一部诗集，千叮万嘱说以后不准再刻它。有的人刻完书就把雕版砸烂，防止有人添加敏感字眼拿来对付后代子孙。有些书未必是禁书，大家却不敢看，害怕里面有敏感内容。看都不敢，遑论收藏！

乾隆五十五年（1790 年），有位朝鲜使臣记载：京师有位诗人送他一幅画，上面写着“石湖渔隐图”。这听起来挺诗情画意，大臣翁方纲[1]却在旁边警告说，千万不许再提，盛世安得有隐？天下太平，你要当隐士，可见别有隐情，是不是对当朝不满？

在那种氛围下，大家都不敢随便说话，互相欺瞒以求自卫。这些禁忌在大清律例里找不到一丝痕迹，却像无边无际的海洋裹挟着一切，连皇子都要自我压抑。乾隆没登基以前，虽贵为皇子也不敢随便议论本朝和明朝的历史。对于满汉之别，清朝出的很多书都在这个问题上语焉不详。国学大师钱穆说他年少时听老师讲皇帝是满洲人，我

---

[1] 翁方纲（1733—1818），字正三，直隶大兴（今属北京市）人，书法家、文学家、金石学家。官至内阁学士，曾任《四库全书》纂修官。

们是汉人，竟然大吃一惊，因为他以前读的书里根本就不敢碰触这个禁忌。

康乾盛世是满清最强势之时，为何这种时候文字狱反倒登峰造极？一般认为政府缺乏自信才会搞文字狱，难道当时清政府对自己没有信心吗？王汎森认为，禁忌措施有时候取决于政府有没有能力去执行，而不是政府有没有自信。正因为天下太平，国力昌盛，政府才更有能力去实施罗织文网的浩大工程。

（主讲　梁文道）

## 《群经通论》

### 经学并非一方净土

周予同（1898—1981），浙江瑞安人，经学史专家。毕业于北京高等师范学校（今北京师范大学），曾任复旦大学教授、《辞海》副主编。著有《经学和经学史》《孔子、孔圣和朱熹》等。

读“六经”不能只看表面文字。

今天有人叫嚷着复苏国学，比较大众化的是提倡读经。很多小孩跟以前上私塾一样，被家长送去某些机构读经。问题是，你读的是什么经呢?

关于什么经该读，什么经不该读，哪些经为真，哪些经为伪，在经学领域曾经充满争议。今天有必要重温经学史著作，比如周予同先生的《经今古文学》。这是一篇很重要的文章，最近收录于《群经通论》一书。周予同先生是20世纪最重要的经学史家之一，师承钱玄同。编校者朱维铮[1]先生拿手本行也是经学史研究，师承周予同先生。

用历史的眼光去看传统经学，我们会发现原来有很多纠结。经

[1] 朱维铮（1936—2012），江苏无锡人，历史学家，复旦大学教授。主要研究中国经学史、史学史、思想文化史、晚清学术史。著有《走出中世纪》《音调未定的传统》等。

学始于西汉初年，西汉末年出现今文学与古文学之争[1]，一直持续到东汉末年，有200多年之久。1925年，周予同先生首创“经今古文学”一词，指明经学是一部争论史。

关于“六经”[2]的排序，今古文学家差异很大。古文学家依“六经”产生年代的早晚排列，今文学家则按内容程度的深浅排列。古文学家认为《易经》的八卦是伏羲画的，因此位列“六经”之首。与古文学家《易》《书》《诗》《礼》《乐》《春秋》的次序不同，今文学家的排序颇有教育家排列课程的意味。他们视《诗》《书》《礼》《乐》为普通教育或初级教育的课程，因此列在前；《易》《春秋》是孔子哲学、社会学及政治学的思想所在，乃专门教育或高级教育的课程，因此列在后。

两派对“六经”的排列不同，源于对孔子的看法有异。古文学家认为“六经皆史”，孔子只是“述而不作，信而好古”，将前代史料加以整理，传授给后人而已。在他们眼里，孔子是史学家。他们并不是蔑视孔子，因为民族的存亡与历史紧密相联，中华民族历经数千年而不灭，乃因有详密而不绝的史籍在传承。而古代史籍的继往开来

[1] 西汉官方所用经书以隶书书写，因隶书在当时属于现代文字，故称今文。秦始皇焚书坑儒时秘藏的古书陆续出现，因这些经书用“古籀文字”书写，故称古文。西汉末年，刘歆大力推崇古文，开启经今古文的争论。

[2]“经”的外延在历史上不断变化，除了“六经”，还有“五经”“七经”“九经”“十经”“十二经”“十三经”“十四经”“二十一经”等说法。今文学家认为“经”是孔子著作的专称，只有《诗》《书》《礼》《乐》《易》《春秋》才可称经。古文学家则认为“经”是一切书籍的通称。

者，首推孔子。

今文学家则视孔子为“素王”，有帝王之德而未居其位。他们认为“六经”大部分乃孔子所作，里面固然有前代的史料，但那只是孔子“托古改制”的工具。孔子看重的不是文字事实，而是微言大义。因此，读“六经”不能只看表面文字。

《群经通论》还收录了一篇重要文章，很有时代意义。《〈春秋〉与〈春秋〉学》一文写于抗战时期，开篇写道：“中国儒教的经典里有两部怪书：一部是《周易》，一部是《春秋》。”周予同先生认为，《易经》内容五花八门，对中国文化的影响曾大于《春秋》，后来沦为少数人研究的“史料”，而《春秋》至今仍被很多人利用。

周予同先生说：“近年来，有些莫名其妙的‘儒教徒’想建立‘新的道统’，他们硬将孔子套上了一套时装，要孔子一方面接受尧、舜、禹、汤、文武、周公的衣钵，一方面做现代政论家和他们自己的先遣队。这不仅蒙蔽了孔子的真相，而且涂改了中国的古史。”

这种思想的来源就是《春秋》：“日本帝国主义者一面拿着犀利的现代武器，由中国的东北屠杀过来；一面又捧着发霉的古代经典，说这在提倡东洋文化，这在施行‘王道’。所谓‘王道’的来源是什么呢？又不是在《春秋》这部怪书里吗？同时，受日本帝国主义者所卵翼的汉奸们，如‘伪满’，如‘冀东’[1]，他们所施行的

[1]“冀东”，指冀东防共自治政府（前身为冀东防共自治委员会），日本成立的傀儡政权，存在于1935年11月25日至1938年2月1日。

奴化政策中的‘读经’是在读什么经呢？不也是以《春秋》大义为主吗？孔子的《春秋》竟成为汉奸们的理论，这真是使人有点‘感慨系之’了！”

为什么呢？《春秋》是喜欢讲“托古改制”的今文学家最喜欢的一部经典。他们试图阐发《春秋》里面的微言大义，将古代的东西加以改造，成为以古制今的权威依据。

（主讲　梁文道）

# 《维特根斯坦传：天才之为责任》

## 天才的责任就是做自己

瑞·蒙克（Ray Monk，1957— ），英国南安普顿大学哲学教授，主要研究数学哲学、分析哲学史。著有 How to Read Wittgenstein（2005 年），另著有哲学家罗素、物理学家罗伯特·奥本海默（J. Robert Oppenheimer）传记。

“天才”是一种要为之拼争的东西，需要你努力去发现，而这本身就是一种责任。

20世纪最伟大的哲学家之一海德格尔[1]，在总结亚里士多德的生平时说：他出生，他工作，他死去。

我们关注一位哲学家往往只关注其思想，其他似乎不重要。然而有些哲学家的生平格外引人瞩目，比如路德维希·维特根斯坦[2]。他与海德格尔并称20世纪最具影响力的哲学宗师之一，有关他的传记、小说、影视等将近一万种。这些东西足以装满一座小图书馆，可

[1] 马丁·海德格尔（Martin Heidegger，1889—1976），德国哲学家，存在主义哲学创始人。德国弗赖堡大学哲学博士，1933年至1934年任该校校长，因支持纳粹主义名誉受损。著有《存在与时间》等。

[2] 路德维希·约瑟夫·约翰·维特根斯坦（Ludwig Josef Johann Wittgenstein，1889—1951），生于维也纳，1939年加入英国国籍，哲学家、数理逻辑学家，分析哲学创始人之一。1908年入读英国曼彻斯特维多利亚大学，1911年就读于剑桥大学三一学院，1929年获剑桥大学哲学博士学位，1947年辞去剑桥大学教授职务，1951年因前列腺癌逝世。著有《逻辑哲学论》《哲学研究》等。

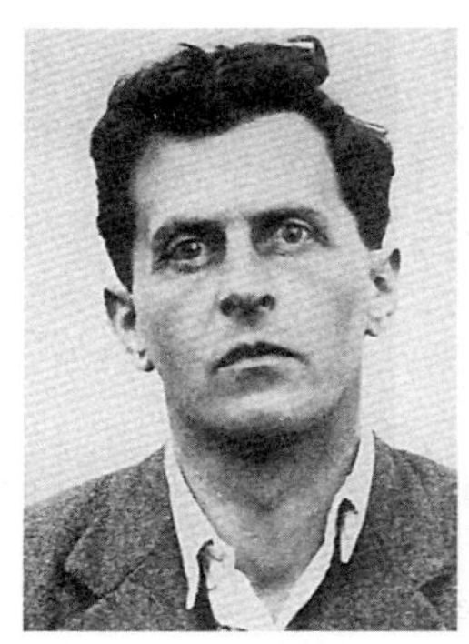
维特根斯坦（1929 年）

以称为“维特根斯坦学”。

路德维希·维特根斯坦出生于奥地利维特根斯坦家族[1]。这是奥匈帝国时期最富有的家族之一，至今仍是名门望族。这个犹太家族极力将自己同化成日耳曼人，某些家族成员甚至有反犹倾向。这个家族酷爱艺术，跟很多大艺术家来往，出过很多了不起的人物。

19 岁的维特根斯坦跑到英国念新兴的航空工程，后来背弃家庭的冀望，转而研究哲学。1911 年 10 月 18 日，他跑到剑桥大学三一学院拜访罗素[2]，想搞清楚自己有无哲学天赋。听过几星期数理逻辑

[1] 维特根斯坦家族是欧洲最显赫的豪门家族之一，发迹于拿破仑时代。路德维希·维特根斯坦的祖父经营羊毛进出口生意，父亲学工程出身，后来成为奥匈帝国钢铁工业的领军人物。

[2] 伯特兰·罗素（Bertrand Russell，1872—1970），生于威尔士贵族家庭，英国哲学家、数学家、逻辑学家，分析哲学创始人之一。剑桥大学三一学院研究员，英国皇家学会成员，英国科学院院士，1950 年诺贝尔文学奖得主。著有《数学原理》《西方哲学史》等。

课后，他征询罗素的意见，却得到模棱两可的答复。1912 年，他将手稿拿给罗素看，终于得到肯定。罗素一开始是他的导师，后来亦师亦友，甚至变成他的学生。后来罗素评价说，他“也许是我所知道的传统观念里的天才的最完美范例，激情、深刻、强烈和强势”。

一战期间，维特根斯坦作为志愿兵加入奥地利军队，后来当过战俘。战争结束后，他跑去小学教书，在农村待着，远离剑桥那种高等的学术文化氛围。像他这样的人物，任何国家都会像国宝一样捧着，不让他离开最尊贵的大学教席。然而二战期间，他曾放下剑桥大学的教学工作，跑去医院当药房勤务工和实验室制药技师。他放弃继承的财产，过着俭朴甚至穷困的生活，靠工作乃至体力劳动来养活自己。

这样的故事是不是很吸引人？在维特根斯坦诸多传记之中，有一本独一无二。自 1991 年出版至今，英国哲学教授瑞 · 蒙克的《维特根斯坦传：天才之为责任》一直是对此人生平最翔实、最深刻的解读。

好的哲学家传记不多，好的译作更少。有一本书叫《维特根斯坦谈话录：1949—1951》，是维特根斯坦晚年与鲍斯玛[1]的谈话录。这是相当重要的文献，可以一窥晚年维特根斯坦的思路。然而中译本的翻译问题不胜枚举，例如将得克萨斯州大学（University of Texas）译作“坦萨斯大学”，将温室（greenhouse）直接译成“绿房子”。

---

[1] 奥伊兹 · 鲍斯玛（Oets Kolk Bouwsma，1898—1978），美国哲学家。曾任教于美国内布拉斯加大学（University of Nebraska）、得克萨斯州大学，1949 年在维特根斯坦访问康奈尔大学期间与之结识，此后多次与之探讨哲学。

译者有时对原文理解有误，例如有一次在山顶赏月，维特根斯坦说，如果只有月亮，将无法阅读和写作。听起来他似乎很喜欢阅读和写作，但事实上他不太喜欢阅读。原来这句话译错了，维特根斯坦原意是说，如果只有月亮就好了，那就不用阅读和写作了。

与之相反，单看《维特根斯坦传：天才之为责任》的书名，就已经译得比谁都好了。英文标题为 *Ludwig Wittgenstein: The Duty of Genius*，副标题直译是“天才的责任”。大家都知道维特根斯坦是天才，这本书是讲天才对社会负有某种责任吗？不是。中文版译作“天才之为责任”，译得太漂亮了！我们一般理解“天才”是天生有某种才华，但本书重点是谈“天才”是一种要为之拼争的东西，需要你努力去发现，而这本身就是一种责任。

八九岁时，维特根斯坦第一次哲学思考的问题是：“撒谎对自己有利的时候，为什么要说实话？”当时他未找到满意的答案，只好下结论说：在那种情况下，撒谎没任何错。他早年温良恭俭，是个听话、顺从的孩子，有时会牺牲真相。他的学习成绩不太出色，当时没人觉得他是天才。

少年维特根斯坦与成年维特根斯坦判若两人，后者非常尖锐，绝不妥协，实话实说，经常暴怒。1913 年，他在挪威闭门思考哲学问题时，罗素写信说看不懂他写的东西，想请他再解释一下。老师摆出一副虚心请教的模样，他却回信说：“我请求你自己思考这些事情；我无法忍受重写甚至第一遍时我也是怀着极度厌恶写出的文字解释。”

他曾经帮姐姐设计房子，锁匠问道："工程师先生，一毫米对你真的这么要紧吗？"他没等锁匠说完就吼道："是的！"

与少年时期容忍不诚实相反，成年维特根斯坦身上有令人既钦佩又敬畏之处——不留情面的诚实。因此，很多人怕他，却又膜拜他。瑞·蒙克指出，维特根斯坦性格的转变源于一个信念，即危机的根源是他自己。他的一生仿佛是一场与自己本性的战斗，他一直在努力做真实的自己。

当有人说 G. E. 摩尔[1]孩子般的单纯值得赞扬时，维特根斯坦提出异议："因为你谈的单纯不是一个人为之拼争的单纯，而是出自天然的免于诱惑。"他要的不是一种天然的单纯，而是要你努力与自己拼斗，不断认识和雕琢自己，然后成为你自己。率真、诚实乃至天才，都是他拼争来的。

维特根斯坦参战，并不纯粹因为爱国，主要是为了自己。他是为了直面死亡，在终极考验面前看自己到底是什么样的人，然后改进自己。他不像罗素是公共知识分子，能对很多社会事务做出明晰判断，因为他觉得最重要的问题是"我是谁""我该成为什么样的人"。

维特根斯坦早年深受魏宁格[2]的影响。在《性与性格》这本极度

[1] 乔治·爱德华·摩尔（George Edward Moore，1873—1958），英国哲学家，分析哲学创始人之一。剑桥大学三一学院研究员，英国科学院院士，曾任剑桥大学精神哲学、逻辑学教授。著有《伦理学原理》等。

[2] 奥托·魏宁格（Otto Weininger，1880—1903），生于维也纳，奥地利哲学家。1902 年获维也纳大学哲学博士学位，1903 年在博士论文的基础上扩充出版《性与性格》，同年 10 月饮弹自尽。

贬斥女性的书里，魏宁格提到男人与天才之责任的关系。魏宁格认为，天才是最高的道德，因此它是每一个人的责任。男人具有天才的潜能，必须找到真实的、更高的自我，而通向自我发现的一种途径是爱："在爱中，男人只爱他自己。爱的不是他的经验自我，不是软弱和粗俗，不是他外表显出的挫败和卑微；而是爱他想要成为的一切，爱他应该成为的一切，爱他的最真和最深的清晰本性——免于一切必然性的束缚和尘世的败污。"

魏宁格认为，男人应该爱的不是女人，而是他自己的灵魂。男人摆脱与女人的性关系，只是肉体生活的灭绝，取而代之的将是精神生活的完全发展。魏宁格提倡的是柏拉图式的爱，认为任何其他所谓的爱都属于感官王国。性的吸引随身体的接近而增加，爱则在爱人缺席时最强。

这些有点胡扯的话影响了维特根斯坦一生的人生态度。他一辈子都在追求苦行僧似的精神修炼，喜欢精神之爱。他是同性恋者，并非没有肉欲，但他鄙视肉欲，甚至感到愧疚。

贯穿维特根斯坦一生的两大主题，一是逻辑，一是罪。经过奋力挣扎的一生，他临终前托人转告朋友们："告诉他们我过了极好的一生。"（Tell them I've had a wonderful life.）或许是因为，这位天才已尽到"对自己的责任"。

（主讲　梁文道）

# 《维特根斯坦的侄子》

## 不戴面具的求真者

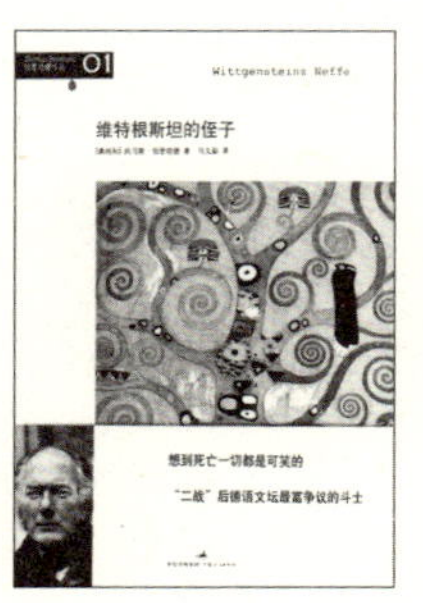

托马斯·伯恩哈德（Thomas Bernhard，1931—1989），奥地利作家，出生于荷兰，母亲未婚先孕生下他。高中辍学后，曾在食品店当学徒。年轻时就患有严重的肺病，在绝望中开始阅读和写作，涉猎诗、小说、散文等，一生获得诸多文学奖项。著有《严寒》《精神错乱》《历代大师》等。

他太讨人厌，因为他太要求真实。

路德维希·维特根斯坦的个性和声名引得很多人围绕他进行二次创作，比如奥地利大作家托马斯·伯恩哈德。伯恩哈德是德语文坛最富争议的作家之一，是一个讨人厌的家伙。他固执、冷酷、尖锐，毫不留情地批判一切，可是他非常喜欢维特根斯坦，在作品中常常提及。

《维特根斯坦的侄子》由三篇小说构成，其中《维特根斯坦的侄子——一场友谊》带有浓厚的自传色彩，因为在现实生活中，维特根斯坦的侄子保尔正是伯恩哈德的好友。保尔·维特根斯坦是一个非常睿智的天才，对音乐拥有无与伦比的鉴赏力。年轻时他喜欢赛车，有点玩世不恭。他一生中常常处于疯癫状态，频繁出入精神病院。1967 年，患有肺痨的伯恩哈德在一家肺病专科医院接受治疗，恰巧保尔住进了附近一家精神病院。两所医院位于同一座山上，两人的病房仅隔 200 多米远。

小说《维特根斯坦的侄子——一场友谊》几无情节可言，行文却带有强烈的伯恩哈德特色。其中一个特色是不分段，可能让有些人读起来不耐烦，并且啰里啰唆，刚提到一个话题，转而又开始谈其他，然后再回过头来接续前话。可是很奇怪，这种写作风格让我想起另一位大作家萨缪尔·贝克特[1]。贝克特的语言奉行极简主义，简约得不能再简约。两人一个多言一个寡语，表现出来的气质却极为相似。他们洞察事物的眼神如此犀利，笔锋尖锐而深刻，展现出人世间的种种荒诞。

伯恩哈德写作的另一个特点是喜欢用黑体字强调某些东西。比如为了说明精神病对保尔来说是一种常态，他写道："保尔在孩童时期，体内就埋伏下所谓精神病的种子，一种从未精确界定的疾病。甚至可以说他就是**作为一个精神有毛病的婴儿**出生到这个世上的，一开始就患有了那种后来控制、左右了保尔一生的所谓精神疾病。直到他去世这种精神疾患一直伴随着他，成为他生命中自然而然的事情，如同其他人**不为**这种病所折磨度过一生一样。他的所谓精神病的治疗过程，充分证明了医生和医学的无能为力，令人极其沮丧。"

伯恩哈德观察世界的角度很冷酷，比如他揭示医院的麻木不仁："既然医生对待那些我目睹死去的人，完全与对待我一样，跟他们说

[1] 萨缪尔·贝克特（Samuel Beckett，1906—1989），爱尔兰作家，1969年诺贝尔文学奖得主。生于都柏林，曾在巴黎高等师范学校任教，1937年起定居巴黎。著有小说《马洛伊》（又译《莫洛伊》）、《马洛纳之死》（又译《马龙之死》）、《无名的人》（又译《无法称呼的人》）等，剧本《等待戈多》（1952年）乃荒诞派戏剧的奠基之作。

同样的词语，进行同样的谈话，开同样的玩笑，那么我的前景跟那些已经死去的人相比，也就不会有什么两样。他们在赫尔曼病房悄然死去，不为人注意，没有叫喊，没有呼救，常常是全然无声无息地就走了。一大清早他们空出的病床就放到了走廊上，更换铺盖罩套，准备给下一个病人。护士小姐们径自微笑着做着事情，并不理会我们从旁经过看到了这一切。”

小说中路德维希·维特根斯坦的身影在哪儿呢？他经常被拿来与侄子保尔对照："维特根斯坦家族一百多年来素以制造武器和机器著称，直到最后终于生产出路德维希和保尔，前者是划时代的著名哲学家，后者至少在维也纳其知名度并不比路德维希小，或者正是在那里他是更有名的疯癫者，从根本上说，他同他叔叔路德维希一样具有哲学头脑，他的叔叔路德维希反过来也与其侄子保尔一样疯癫，这一位，路德维希，以他的哲学造就了他的名声，另一位，保尔，以他的疯癫。这一位，路德维希，也许更富于哲学头脑，另一位，保尔，也许更为疯癫；我们相信这一位具有哲学头脑的维特根斯坦是哲学家，可能只是因为他把他的哲学写成了书，而不是他的疯癫，我们认为那另一位，保尔，他是疯子，因为他压抑了他的哲学，没有发表它、公开它，只是把他的疯癫展示了出来。”

疯癫是天才的特质，伯恩哈德认为路德维希·维特根斯坦和保尔·维特根斯坦都是“伟大的、富于个性的、持续不断令人激动不安的、具有颠覆性的思想者”，“他们两位绝对都是非同寻常的人，拥有非同寻常的大脑，这一位出版了他的大脑，另一位没有。我甚至可以说，这一位将其大脑所思付之于文字发表，而另一位则将其大脑所思付之于实践”。

伯恩哈德认为，保尔叔侄与生俱来非常富有，然而在自我独立意识的引导下，走上一条违背家庭意志的道路：“表面上看，恰好放弃了维特根斯坦家族的价值观，即享受优越富有和呵护备至的生活，最终为自我拯救步入追求精神的生涯。他很早，就像他叔叔数十年前所做的那样，可以说是从家里溜之乎也，放弃家庭提供的一切成就了他们的条件，也像他叔叔以前的下场一样，成为被其家庭认为是无耻之尤的人。路德维希成了无耻之尤的哲学家，保尔则是一个无耻之尤的疯癫者。”

保尔对伯恩哈德说，他叔叔是维特根斯坦家族最疯癫者。伯恩哈德发现：“就我所知，维特根斯坦家人一辈子都因为此人而感到丢脸。他们总是认为路德维希·维特根斯坦与保尔·维特根斯坦没什么两样，都是傻瓜一个，是那些总对怪僻的事情敏感的外国人把他给捧起来的，他们颇觉好笑地摇着头说，全世界都上了他们家那个傻瓜的当，那个废物突然在英国成了名人了，成了思想界的伟人，真让他们开心。维特根斯坦家人毫不客气地将他们的哲学家拒之门外，对他没有表现出丝毫的尊敬，直到今天他们都不拿正眼瞧他。像看待保尔一样，他们直到今天还把路德维希看成是一个地地道道的、维特根斯坦家的叛徒。像对待保尔一样，他们也把路德维希排斥在外。如同他们在保尔在世时一直为其感到羞耻，他们直至今日还为路德维希感到羞耻。"

伯恩哈德觉得这不仅是维特根斯坦家族的问题，也是奥地利整个国家的问题："即使路德维希后来相当有名了，也没有能改变他们对这位哲学家的轻蔑，他们已经对此习以为常了，这也不奇怪，归根到底，在这个国家里直到今天也没有他的地位，人们几乎都不认识他。维也纳人甚至今天仍不承认弗洛伊德，这是事实，甚至没有真正地了解他，这是事实。他们头脑太愚钝了。维特根斯坦家也是如此。"

伯恩哈德经常将矛头对准祖国。有一次为了找一份《新苏黎世报》[1]，他和保尔跑遍大半个奥地利，满怀希望奔赴各个著名城市，结果徒劳无功。他痛骂道："当时我清楚地意识到，一个注重精神的人，无法在一个找不到《新苏黎世报》的地方生存。你想啊，在西班牙、葡萄牙和摩洛哥，一年到头，哪怕是在一个仅有一家小旅馆的弹丸之地都能读到《新苏黎世报》。可是在我们这儿却不行！在这样一些鼎鼎大名的地方竟然找不到一张《新苏黎世报》，甚至萨尔茨堡[2]也没有，这不能不让我们怒火中烧，更加憎恨我们这个落后的、狭隘顽固的国家，明明乡巴佬一个，却又令人十分厌恶的狂妄。"他认为奥地

[1]《新苏黎世报》(*Neue Zürcher Zeitung*)，瑞士出版的德文日报，前身是1780年创刊的《苏黎世报》，1821年更为现名。以高品质著称，以报道国际新闻见长，在欧洲德语区有着广泛影响。

[2] 萨尔茨堡(Salzburg)，奥地利萨尔茨堡州首府，全国第四大城市。这座奥地利历史最悠久的城市，是莫扎特、卡拉扬的故乡，拥有众多剧院、音乐厅、电影院、博物馆等文化场所。

利的报纸只能用来擦屁股。

有趣的是，伯恩哈德如此痛批祖国，国家仍颁发给他很多文学奖。自 1963 年出版第一部长篇散文《严寒》，他平均每年有一两部作品问世，获过很多奖项。1970 年，年仅 39 岁的他获得德语文学最高奖——毕希纳文学奖[1]。然而经历很多颁奖仪式之后，他觉得获奖是一种羞辱。20 世纪 70 年代中期，他公开宣布不再接受任何文学奖。他曾被德国国际笔会[2]主席两次提名为诺贝尔文学奖候选人，但他声称即使获奖也拒绝接受。

伯恩哈德的锋芒个性经常使得颁奖活动不欢而散。最著名的一次是 1968 年在奥地利国家文学奖的颁奖仪式上，他一上台就致辞说“想到死亡，一切都是可笑的”，接着说“国家注定是一个不断走向崩溃的造物，人民注定是卑劣和弱智……”，结果文化部长拂袖而去，文化界名流相继退场。第二天，奥地利报纸说他“狂妄”，是“玷污自己家园的人”。同年他获得另一奖项，颁奖单位不敢公开举行仪式，只是私下将奖金和证书寄给他。

---

[1] 毕希纳文学奖（Georg Büchner Prize），德语文学最重要的奖项之一，有“诺贝尔文学奖风向标”之称。1923 年设立于德国，以德国剧作家格奥尔格·毕希纳（Georg Büchner，1813—1837）的名字命名。最初表彰包括演员、歌唱家在内的艺术家，1951 年起仅限于奖励德语作家，由德国语言文学研究院（German Academy for Language and Literature）颁发。

[2] 国际笔会（International PEN，IPEN）创立于 1921 年，总部设在伦敦，是一个世界性的非政治、非政府作家组织。“PEN”由 Poets（诗人）、Essayists（散文家）和 Novelists（小说家）的首字母组成。目前世界各地已有 100 多个分会，主张创作自由，保护作家免受政治压迫。

伯恩哈德在《维特根斯坦的侄子——一场友谊》中写道："我获得了国家文学奖，当时报纸报道说，这次颁奖最终以一场丑闻而告结束。颁奖典礼在政府接待大厅里举行，那位向我致所谓贺词的部长，讲的尽是些不着调的话，是他的一位主管文学的官员为他写的稿子，他在台上照本宣科，比如，说我写过一本关于南海的书，当然是胡说八道了，我什么时候写过这样的书。这还不算，那位部长还改了我的国籍，在讲话里竟说我是荷兰人，我从来都是奥地利人。他在讲话中还说我是专门写历险小说的，实际上我对这种题材一无所知。他还多次说我是外国人，做客奥地利等等。"

伯恩哈德说："我在颁奖前匆忙地、很不情愿地在一张纸上写下了几句话，可能稍微带一点哲理性，其实我只是说人是可怜的，注定要死亡的，我的讲话总共没有超过三分钟，这时那位部长便怒不可遏地从他的座位上跳了起来，朝我挥着拳头，他其实根本没有听懂我的话。他气急败坏地当着众人的面骂我是条狗，当即离开大厅，在身后把玻璃门重重地摔回去，致使门玻璃'砰'的一声变成了一堆碎片。所有在场的人都跳了起来，惊讶地望着那位离去的部长。一霎时大厅里，像人们常说的那样鸦雀无声。随后发生了让人匪夷所思的一幕：那一伙我称为投机之徒的人，紧跟着扬长而去的部长走出大厅，离开之前也都向我示威，不仅漫骂而且挥着拳头……整个参加仪式的那帮人，几百位吃政府俸禄的艺术家们，尤其是作家，即所谓我的同事，以及其随从，都匆忙跟着那位部长走了……"

伯恩哈德觉得颁奖“实际上是在贬损一个人，而且是以最羞辱人的方式。我想，只因为我每次总是考虑到它能给我带来金钱，我才忍受得住，只不过出于这个理由，我才走进各个市政厅的古老建筑，出现在各个礼堂里举行的无聊的颁奖仪式上”。他说40岁之前一直承受着各种颁奖仪式带来的耻辱，“让人在我头上拉屎撒尿，这样说一点都不过分，颁奖是什么，就是往一个人的头上拉屎撒尿。接受一种奖项与让人在自己头上排泄粪便毫无二致。我一直感觉颁奖就是可以设想的最大的侮辱，绝不是什么提高。道理很简单。每一项奖都是由那些外行颁发的，他们想要做的就是要在你的头上拉屎撒尿，当你去接受这项奖时，他们就逮着机会了，痛痛快快地在你头上排泄一番。他们这样做也是理所当然的，谁让你低三下四地去接受什么大奖呢”。因为“接受了各种各样的奖项，于是我把自己给毁了，把自己弄得成了卑鄙无耻之徒，成了让人讨厌的家伙”。

这些话很过分，但并非完全没有道理。无论对人对己，伯恩哈德一向毫不留情，这种气质跟路德维希·维特根斯坦很相似。当别人称维特根斯坦为大哲学家时，他说:“称我为真之寻求者，我就满意了。”哲学乃是为了求真，然而大部分哲学家只是书面上的求真，维特根斯坦则在生活中一以贯之。伯恩哈德同样求真，以至厌恶这个污浊的世界。他太讨人厌，因为他太要求真实。

（主讲　梁文道）

## 《趣味横生的时光：我的 20 世纪人生》

放弃信仰等于放弃自己

艾瑞克·霍布斯鲍姆（Eric Hobsbawm，1917—2012），英国历史学家。生于埃及亚历山大港，在维也纳和柏林长大，1933 年定居英国。剑桥大学博士，伦敦大学伯贝克学院荣誉教授，1978 年当选英国科学院院士。著有《革命的年代》《资本的年代》《帝国的年代》《极端的年代》等。

如果我们放弃了寻找圣杯，就等于放弃了我们自己。

我一直对20世纪前半叶的中欧[1]文化、历史很感兴趣，那里出现了太多如维特根斯坦、弗洛伊德等闪耀的文化巨星。在动荡的20世纪二三十年代，中欧的政治团体日益激进，有些人投向了共产主义的怀抱，有些人则转向法西斯。灿若繁星的知识分子群体中，很多人因犹太血统被迫逃亡，被驱逐出境，甚至被送入集中营。

我喜欢阅读当年在那里生活过的重要人物的传记，管窥那个时代的记忆。艾瑞克·霍布斯鲍姆是世界级的历史学家，也是一位忠贞不贰的共产党员。他爱好爵士乐，曾用笔名写过不少乐评。这位左派史学大师生于1917年，回顾他的一生几乎等于回顾整个20世纪。他的传记《趣味横生的时光：我的20世纪人生》给人一种印象：那个时代并不像现在这样国与国之间界线分明，尤其

[1] 中欧指波罗的海以南、阿尔卑斯山脉以北的欧洲中部地区，包括波兰、捷克、斯洛伐克、匈牙利、德国、奥地利、列支敦士登和瑞士八个国家。

对犹太人来说，世界就是个地球村，可以到处迁徙。

霍布斯鲍姆的父亲是犹太裔英国人，母亲是奥地利人。父母于一战期间结婚，在埃及亚历山大港生下霍布斯鲍姆。两岁时他随父母移居维也纳，父母相继去世后，他于 1931 年到柏林投靠亲戚。1933 年纳粹掌权，他回伦敦定居，在一所文法学校念中学。1936 年，他入读剑桥大学国王学院，并加入英国共产党[1]。20 世纪 60 年代，他频繁前往拉丁美洲，有一次还偶然担任了切·格瓦拉[2]的翻译。他的一生多姿多彩，自传内容也相当丰富。

历史学家写自传有个优点：客观冷静的职业精神，有几分证据就说几分话。一般人写自传或回忆录往往将过去浪漫化，或者遗忘很多重要事情，以符合叙事主线。历史学家检视自己的一生时，需要把持客观的职业标准，同时注意不过分集中于个人经历的描述，而将自己的人生当作一个样本，观察社会如何造就人。

在柏林度过的两年时光，霍布斯鲍姆目睹了纳粹的兴起。为什么在左翼势力最强大的时候，纳粹却能让整个社会向右转？霍布斯鲍

[1] 英国共产党（Communist Party of Great Britain，CPGB），1920 年成立，20 世纪 60 年代至 80 年代发生三次大分裂，1991 年更名为“民主左翼”（Democratic Left）。

[2] 切·格瓦拉（Che Guevara，1928—1967），生于阿根廷，20 世纪 50 年代参加古巴革命，曾任古巴国家银行行长、工业部长等职。1965 年前往刚果、玻利维亚发动共产主义革命，1967 年被玻政府军俘虏后杀害。

姆认为是因为德国共产党[1]太愚蠢，总以为最大的敌人是跟自己路线比较接近的社会民主党[2]，而不是纳粹党。德国共产党当然知道纳粹主义的恐怖，但他们认为没什么比混淆视听的同路人更可怕。他们认为德国社民党中间偏左的路线实质是向资产阶级投降，所以他们先要做左翼内部的路线斗争，打算斗垮同路人之后再去对付希特勒。这是当时左派势力强大最后却惨败的一个重要原因。

霍布斯鲍姆在维也纳接触过很多犹太人，发现他们对漂泊不定或远离故土习以为常，并不像犹太复国主义者那样主张建国。他自己虽然也是犹太人，却不喜欢以时髦的“迫害下的牺牲者”身份说话。他认为不应凭借犹太人对世界的独特贡献以及曾经遭受的大屠杀，宣称自己享有独一无二的资格来唤醒世人良知。身为历史学家，他在乎的是：“一个于公元 2000 年占全球人口 0.25% 的族群（并且我生而为其中一员），是否有正当理由来宣称自己是‘神的选民’或特殊的人群。”他认为，正确或错误、正义或不义的事物，都既不会在身上佩戴种族标签，也不会在手中挥舞国旗。一个人正确与否、正义与

[1] 德国共产党（Kommunistische Partei Deutschlands，KPD），1918年成立，1933 年希特勒执政后遭查禁，潜入地下活动。1946 年，苏联占领区的德共组织与德国社会民主党合并成立德国统一社会党，成为东德的执政党。美、英、法占领区的德国共产党则于 1956 年被取缔，1968 年重新组建，更名为 Deutsche Kommunistische Partei（简称 DKP）。

[2] 德国社会民主党（Sozialdemokratische Partei Deutschlands，SPD），简称社民党，德国现存最古老的政党。早期倡导社会主义革命，后来主张通过民主选举以合法手段掌权。魏玛共和国期间执政，1933 年希特勒上台后遭禁，二战后重新组建。

否，并非与生俱来，跟种族、国家无关。

中国人多半关注苏共或东欧共产党的历史，很少看到西欧也有共产主义的同路人。比如英国也有共产党，只不过永远是在野党，冷战时期甚至受到压迫。霍布斯鲍姆是一名坚贞的共产党员，这个身份令他遭受到一种较为温和的英式迫害，教职生涯难以一帆风顺。

冷战时期的西方共产党不仅遭受资本主义阵营的压迫，还饱受社会主义阵营的刺激，比如匈牙利十月事件[1]、“布拉格之春”[2]等。对他们来说，最大的考验是1956年赫鲁晓夫批判斯大林[3]，因为以前骂斯大林的人多是党外人士，现在则变成了党内斗争。此事发生后，许多西方共产党员纷纷退党。

身为左派历史学家，霍布斯鲍姆不得不承认：“苏联以及绝大多数依照其模式建立起来的国家与社会——亦即曾为我们带来鼓舞的1917年‘十月革命’之产物——都已经彻底崩溃，只留下一片物质上与道德上的废墟。”

---

[1] 匈牙利十月事件发生在1956年10月23日，匈牙利首都布达佩斯的部分学生及民众因不满政府照搬苏联模式，举行示威游行并推倒斯大林铜像，而后引发流血冲突。执政党匈牙利劳动人民党请苏联出兵干预，苏军于11月4日控制匈牙利全境。

[2] “布拉格之春”指捷克斯洛伐克于1968年1月开始的一场倡导“人道社会主义”的政治民主化运动，同年8月遭苏联及华约成员国武装入侵而夭折。

[3] 苏联共产党中央委员会第一书记赫鲁晓夫在1956年2月召开的苏联共产党第二十次代表大会期间做了《关于个人崇拜及其后果》的“秘密报告”，谴责斯大林的种种罪行。以色列情报机构获得报告文本后，交给美国中央情报局，7月4日刊登于《纽约时报》，在全球引发轩然大波。

尽管共产主义沧海桑田，霍布斯鲍姆却始终没有放弃信仰。共产党的魅力在哪儿？他认为：“列宁主义政党的成功秘诀，并不在于梦想自己将站在街头障碍物后面进行抗争，甚至不在于马克思主义学说。那可用两个用语加以总结：‘决策必须贯彻执行’以及‘党的纪律高于一切’。共产党吸引人之处，在于它能够完成别人办不到的事情。党内的生活则可说是极尽反对修辞文采之能事。这或许协助创造了那种乏味至极、简直令人厌烦的文化，而当它由党的出版品刊登出来时，就成为晦涩不堪、令人难以卒读的‘报告’，而各国共产党便从苏联的实际做法当中把‘报告’接收了过来。”

在共产主义革命取得成功之前，共产党员无从期待获得任何奖励。职业革命家的命运可能是入狱、流放或者死亡，所以不讲求浪漫主义，不崇尚个人恐怖主义，强调要有冷酷的纪律和决心。正如布莱希特[1]在《致后生晚辈们》一诗中所言：“我进食于战役之间，在谋杀者当中席地而眠。”共产党的政治术语弥漫着“刚毅”的味道，诸如“绝不妥协”“不屈不挠”“硬如钢铁”“坚如磐石”。霍布斯鲍姆指出：“布尔什维克的本质，就是以刚毅——甚至冷酷无情——的态度，于革命之前、之际与之后做出不得不做的事情。那是因应时代状况而必须出现的反应。”

---

[1] 贝托尔特·布莱希特（Bertolt Brecht，1898—1956），德国戏剧家、诗人。青年时投身工人运动，战后曾任民主德国艺术科学院副院长。《致后生晚辈们》写于1934年至1939年流亡丹麦期间，是一首不押韵的政治长诗。

霍布斯鲍姆在剑桥大学念书时，周围很多人都是共产党员，然而学校非常宽容，允许他们自由活动。1941 年，剑桥大学遭一枚炸弹袭击，一名女共产党员被一根倒下来的梁柱压得动弹不得。眼看就要被炸弹引发的大火烧死时，她高声喊道："我们的党万岁！斯大林万岁……斯大林万岁！"后来她被救出，双腿自膝盖以下截肢。

霍布斯鲍姆回忆说："在那个年代，若一位党员把临终前的最后一句话献给共产党、斯大林或同志们，我们都不会对此感到诧异。（当时外国共产党员对斯大林的一致观点都发自肺腑、未受强迫、因信息有限而无瑕疵。其真诚的程度，与我们大多数人 1953 年获悉斯大林死讯后的心中哀思不分轩轾。而在他生前，没有任何苏联公民愿意——或胆敢——把他昵称为'乔大叔'[1]，或像意大利人那般称之为'大胡子'。）党就是我们生活的中心。我们为党献出自己所拥有的一切。我们所得到的回馈，则是从党那边确认自己已经胜利在望，并且感受到同志情谊。"

有趣的是，身为资深马克思主义学者，霍布斯鲍姆认为共产党本不应该有如此巨大的影响力。"共产主义不同于那些在 19 世纪末叶成形、大多也受到卡尔·马克思理论启发与鼓舞的工人阶级政党，本来并未被设计成一种群众运动；共产主义后来之所以变成了群众运

[1] 约瑟夫·维萨里昂诺维奇·斯大林（1879—1953）英文名为 Joseph Stalin，"Joe"（乔）是"Joseph"的昵称，丘吉尔、罗斯福等英美官员戏称斯大林为"乔大叔"（Uncle Joe）。

动，完全出于历史的偶然。就这一点来说，那违反了——而且确确实实地否定了——马克思主义传统上的社会民主主义观点。传统的立场是期待每一位自视为‘工人’的人，都要认同各个本质上属于工人的政党，而它们的本质通常已经用党名（‘工党’）清楚标示出来。”

历史学家霍布斯鲍姆比同时代的人更了解社会主义阵营的弊端。一位东德剧作家在剧本《圆桌武士》[1] 中写道：兰斯洛特武士说，外面的人们已经不想知道关于圣杯和圆桌的事情，他们再也不相信我们的正义与我们的梦想。对人民而言，圆桌武士只是一帮笨蛋、白痴和罪犯。亚瑟王则说，重要的不是圣杯，而是坚持寻觅圣杯的态度，因为“如果我们放弃了寻找圣杯，就等于放弃了我们自己”。这或许就是霍布斯鲍姆坚持共产主义信仰的理由。

（主讲　梁文道）

[1] “圆桌武士”（Knights of the Round Table），常译为“圆桌骑士”，是西方流传的一则古老传说，讲述中古不列颠最富传奇色彩的国王亚瑟王（King Arthur）及其手下一群威猛武士的故事。圣杯（Holy Grail）指传说中耶稣受难时盛放鲜血的圣餐杯，下落不明。兰斯洛特（Sir Lancelot，又译朗斯洛）是著名的圆桌武士之一，与王后的恋情曝光后引起政治纷争。

## 《斯坦纳回忆录：审视后的生命》

### 灰暗年代需要闪亮心灵

乔治·斯坦纳（George Steiner，1929— ），美国文学批评家。生于巴黎，1940年移居纽约，现居剑桥，任剑桥大学丘吉尔学院特别研究员（Extraordinary Fellow）。著有《托尔斯泰或陀思妥耶夫斯基》《悲剧之死》《通天塔之后》等。

越是在极权统治下，艺术家的心灵可能越闪亮。

成长于中欧的英国历史学家艾瑞克·霍布斯鲍姆一辈子信仰共产主义，相信这是对抗不公正社会的一种武器。然而不抱这种想法的人，如何审视 20 世纪前半叶的动荡年代呢?

乔治·斯坦纳是当今世界上最博学的人文学者之一，写作时信手拈来就是典故，让人感觉像是在炫学。他和霍布斯鲍姆一样至少掌握了七八种语言，这种人在中国早就成大师了，这在西方却是人文学者很常见的一种专业训练。

斯坦纳的父亲是犹太人，曾任奥地利中央银行资深法务人员。尽管拥有大好前程，他却总有一股不祥的预感。在闪亮耀目、自由开放的维也纳文化下，他嗅出一种对犹太人有系统的、教条式的仇恨即将爆发。1924 年，他带着家人离开维也纳，移居巴黎。五年后，斯坦纳出生。

斯坦纳的父亲精研法律和经济学，并广泛涉猎思想史、生物史、艺术史等领域。尽管他从事金融业，却不希望儿子步他后尘："我宁愿你不了解债券和股票的差别。"他希望儿子日后成为一名教师或治学严谨的学者。斯坦纳不负所望，晚年他深情回忆父亲的启发式教育："一直要等到我把读完的书写下摘要，让他检查过后，我才可以买新书。如果我不懂其中某个段落，我得大声读给他听，我父亲的选择和建议往往令我大为赞服。通常念出来后，我就明白了。如果我还是不懂，就得把相关的部分抄下来。这么一来，就能够豁然开朗。"

斯坦纳从小学习法文、英文和德文三种语言，以至于分不清母语是什么，同时还跟随一位逃难的学者学习希腊文和拉丁文。快过六岁生日的一个深冬之夜，父亲的一个举动影响了他的一生。父亲以前讲过《伊利亚特》[1]的故事给他听，他一直想阅读这本书，但没有得到允许。那天晚上，父亲打开一本1793年的德译本，指导他阅读。父亲发现有些地方译得不够完整，就摊开希腊文原著查看，然后反复朗诵，也让斯坦纳跟着一起读。那天晚上父亲种下的这颗种子日后慢慢发芽，最终斯坦纳成为一位驰名世界的人文大师。

二战时期斯坦纳一家逃离欧洲，移居纽约。那个恐怖的时代让斯坦纳目睹了人类的残酷无情："'语言动物'能够以无比的勇气、利

---

[1]《伊利亚特》(*The Iliad*，又译《伊利昂纪》)，由古希腊盲诗人荷马创作的长篇叙事史诗，与《奥德赛》(*The Odyssey*，又译《奥德修纪》)构成《荷马史诗》。

他精神与关爱来行动，但同样地也会有野蛮、自私、抢地盘心态，以及各种形式的不理性行为，他／她的知性怠惰与物质贪婪习性是无止境的。这种奇怪的双重性会为了毁灭的目的而毁灭。野蛮部族是一个极端，街头破坏者又是另一个极端。人们从虐待行为里找到复杂的滋味。”

作为一名人文学者，斯坦纳发现“同样的物种也发展出各种完全无私心的热情和精神层次的技艺。纯数学、音乐、诗、哲学玄想、某些艺术模式，全都是无私心的。它们存在，灿然光耀，毫无用处”。在历史的无人性与冷漠之中，最纯粹的艺术家将“无用”发挥得淋漓尽致，由此“构成了无与伦比的尊严，残忍我族的‘高贵尊荣’。或许这种数学家、作曲家、诗人、画家、逻辑学家或认识论学者的‘骄傲’，和宗教或世俗的圣人在某方面救赎了人类”。

伟大的艺术往往面临着被迫害的危险，艺术家有时要为此付出生命的代价。斯坦纳说：“未被道出的个人贫困、荒谬、孤立、默默无闻，更不用说基于意识形态—政治理由而加诸的极刑，一直伴随着伟大艺术、文学，或是哲学研究的诞生。”严肃文学、音乐及思想往往在暴政下产生。詹姆斯·乔伊斯[1]说：“挤压我们，我们是橄榄。”博尔赫斯[2]补充说：“检查制度是隐喻之母。”越是在极权统治下，艺术家的

[1] 詹姆斯·乔伊斯（James Joyce，1882—1941），生于都柏林，爱尔兰作家，意识流小说大师。著有《尤利西斯》《芬尼根守灵夜》等。

[2] 豪尔赫·路易斯·博尔赫斯（Jorge Luis Borges，1899—1986），阿根廷作家。著有《交叉小径的花园》（又译《小径分岔的花园》）、《虚构集》等。

心灵可能越闪亮。

斯坦纳是个有点保守的、老派的精英学者，讨厌时髦的后现代主义、解构主义等一大堆五花八门的理论。他认为如今高雅艺术失去了耀眼的光芒，逐渐消逝在通俗文化的口水之中。他慨叹“在资本主义晚期，金钱大声咆哮，将时间和空间包装起来”，但他觉得文人没有权利去强行推动“高等”文化，把深奥的东西硬塞给普通人。

斯坦纳认为，我们需要一种不再残酷的政治制度，让 20 世纪折磨人类的痛苦不复存在。“开放民主的社会是有疗效的。它们努力缓和痛苦、降低仇恨。”他自认为是柏拉图式无政府主义者：“我的政治总之是尝试支持任何社会秩序，即使只是最起码地，能够降低人类环境的仇恨与痛苦的累积，让隐私与优异均有喘息的空间。”

（主讲　梁文道）

## 《自我分析纲要》

### 知识分子不是超人

皮埃尔·布尔迪厄（Pierre Bourdieu，1930—2002），法国社会学家、人类学家。1954 年毕业于巴黎高等师范学校哲学系。1982 年起任法兰西公学院（Collège de France）社会学教授。著有《区隔：趣味判断的社会批判》《国家精英——名牌大学与群体精神》等。

知识分子参与政治行动，比如街头示威、联名上书，其实是在投资声望。

现在哲学很冷门，然而念哲学的人总有一种自豪感，觉得哲学乃各门学问之中的“国王”，是“知识中的知识”。他们自认为思考的是人类世界最重要的问题，比如生命的意义、知识如何产生等。

法国社会学大师皮埃尔·布尔迪厄本来是念哲学出身的，后来却反叛了。身为 20 世纪最具影响力的法国思想家之一，他不像福柯、德勒兹[1]、德里达[2]、巴迪欧[3]这些人以哲学家的面目出现，也不

---

[1] 吉尔·德勒兹（Gilles Deleuze，1925—1995），法国后现代主义哲学家，1995 年因不堪肺病折磨自杀。著有《差异与重复》《反俄狄浦斯》等。

[2] 雅克·德里达（Jacques Derrida，1930—2004），法国哲学家，后结构主义代表人物。曾在巴黎高等师范学校执教 20 年。著有《书写与差异》《马克思的幽灵——债务国家、哀悼活动和新国际》等。

[3] 阿兰·巴迪欧（Alain Badiou，1937— ），法国哲学家。1961 年毕业于巴黎高等师范学校，曾在该校执教，现任欧洲研究院（EGS）哲学教授。著有《存在与事件》《模式的概念》等。

像罗兰·巴特[1]以文学批评家的姿态出场。他有一套很严谨的社会科学研究方法，比如统计、田野调查、实证研究，在法国学术界显得有点另类。

1951年，21岁的布尔迪厄以外省乡下人的身份踏入法国“精英大学”——巴黎高等师范学校[2]。这所学校不同于一般的师范院校，是法国真正意义上的最高学府。在全法国“学院中的学院”念哲学，很多人觉得自己与众不同，可以主宰一切知识领域。布尔迪厄看不惯这种态度，他觉得哲学家明明生活在一个非常狭小的空间，却自以为能够对整个世界发声；他们跟现实相当隔离，又不喜欢具体的实证研究，只是一味空谈理念，提出一些非常激进甚至不负责任的主张。

布尔迪厄猛烈批判以萨特为代表的公共知识分子，指责他们自以为是“全能知识分子”（total intellectual）。萨特给人制造出一种错误印象：知识分子可以独立于任何权威，仿佛生活在真空中。布尔迪厄不相信知识分子能够完全独立，不受社会的制约。那些自认为在思考最重大问题的哲学家，常常忘记思考一些最基础的问题：是谁让他们过上这么好的生活，天天坐在咖啡馆里跟人聊天？是谁让他们拥有如此声望，大家要洗耳恭听？这一切依赖于各种社会条

[1] 罗兰·巴特（Roland Barthes，1915—1980），法国文学批评家、哲学家，法兰西公学院文学与符号学教授。著有《写作的零度》《神话学》等。

[2] 巴黎高等师范学校（École normale supérieure de Paris，ENS），创办于1794年，法国最具选拔性和挑战性的高等教育机构，集科研与文教于一体。迄今已有220年历史，培育出众多杰出人才，被视为法国一大传奇。

件，诸如学术机构的支持、大众媒体对“知识明星”的追捧等。

为什么知识分子总是上电视？布尔迪厄认为是为了声名。知识分子参与政治行动，比如街头示威、联名上书，其实是在投资声望。站在社会运动的前线，在别人看来似乎是在冒险，对知识分子而言，却是赚取声望的好机会。

身为社会学家、人类学家，布尔迪厄一生奋力了解社会各个面相潜藏的规则，然后试图提供理论说明。他总是用非常客观冷静的眼光，“毒辣”地分析每个人所受制的社会结构。《自我分析纲要》（*Sketch for a Self-Analysis*）是他逝世前一个月写成的类似自传的书，但他坚称这不是自传。他用以前剖析别人的那套严苛方法来分析自己，只可惜这本书太薄，并且他对自己的剖析也不够严酷。

布尔迪厄曾经无情地抨击法国的学术体制，认为它非常不公平，只遴选出少数精英，而这些精英的父辈本来也大多是精英。尽管如此，他本人却在这种学术体制下获益良多：出身乡下工人家庭，却能挤进法国最高学府，最后跻身学术殿堂——法兰西公学院[1]。这个法国最古老的学术机构有点像中国社会科学院，研究人员却少很多，每一学科领域只选一位公认最牛的学者任教授，然后由他自定题目公开

[1] 法兰西公学院（Collège de France），不同于法兰西学院（Institut de France）及其下设机构法兰西学术院（Académie française）。法兰西公学院由国王法兰西斯一世（François I，1494—1547）创办于1530年，位于巴黎，实行“开门办学”，面向社会大众传授前沿知识。目前设52个教席，一位教授退休后，由教授们在全体会议上选举产生新人选，以研究成果为选择标准。

法兰西公学院（Collège de France）

讲课。

面对法兰西公学院的热情拥抱，布尔迪厄曾几次拒绝，然而最终不再推辞。就职演说是确认“精英中的精英”的一个重要仪式，他决定当天上台再次猛烈批判一通。虽然他讨厌知识分子上电视，最终他自己也上电视开了学术讲座，尽管内容是批判电视媒体[1]。这种颇有点像行为艺术的选择或许是他处理矛盾处境的最佳方法吧。

（主讲　梁文道）

[1] 1996年3月18日，皮埃尔·布尔迪厄录制了两期电视讲座——《关于电视》和《记者场与电视》。该讲座属法兰西公学院系列课程，同年5月由巴黎一台播出，随后结集出版《关于电视》一书。

# 洗脑术：思想控制的荒唐史

## 《错不在我》

知错就改？不！

卡罗尔·塔夫里斯（Carol Tavris，1944— ），美国社会心理学家，任教于加州大学洛杉矶分校。著有 *Anger: The Misunderstood Emotion*（1982 年）、*The Mismeasure of Woman*（1992 年）等。

艾略特·阿伦森（Elliot Aronson，1932— ），美国心理学家，曾任教于哈佛大学等高校，唯一获得美国心理学会授予的杰出写作、教学与研究三项大奖的心理学家。著有《社会性动物》《社会心理学》等。

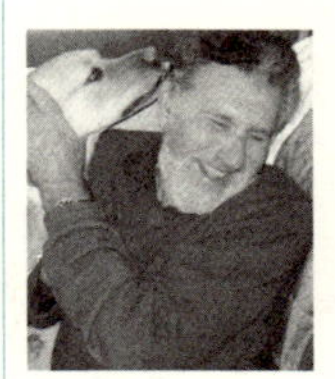

我们永远喜欢将手指向别人，就连举世公认的暴君都觉得自己是好人。

每隔一两年就有人预言世界末日的降临，假如预测失误，他们会觉得自己太傻吗？不，他们更坚信原来那套看法。1954 年 12 月 21 日，美国曾经有一帮人相信世界会毁灭。社会心理学家利昂·费斯廷格[1]混进人群中，想知道万一预言不准会发生什么事。

12 月 20 日，这帮人聚在一起祈祷，非常惶恐地等待飞碟来接他们。午夜时分，院子里没有飞碟出现的迹象，人群开始有点紧张。半夜 2 点，飞碟还不来，他们越来越焦虑。凌晨 4 点 45 分，领导者玛丽安·科琪（Marian Keech）说她感应到新启示，世界全靠他们坚定的信仰和祈祷获得拯救。这帮人本来很绝望，听了之后欣喜若

[1] 利昂·费斯廷格（Leon Festinger，1919—1989），美国社会心理学家，美国国家科学院院士，艾略特·阿伦森的博士生导师。对心理学的两大贡献是，提出社会比较理论（social comparison theory）和认知失调理论（cognitive dissonance theory）。

狂。信念坚定的成员打电话向媒体报告这个“奇迹”，抓住行人宣扬他们这套信仰。预言失败并未击倒他们，反而让他们更固执己见。

费斯廷格由此获得灵感，提出一个很重要的观念——认知失调。当人怀有不一致的认知、态度、信念时，就会产生这种精神紧张状态。一个人明知抽烟不好，自己却是老烟枪，心理压力就很大。为了减轻不适感，最好是戒烟，戒不掉就用一套套说辞来说服自己，比如说有些人戒烟之后身体更差、有些人抽一辈子烟也长命得很……

这到底是怎么回事？《错不在我》一书正是研究为何我们明知犯错却不肯认错，反而发明更多说法来维持原有见解，甚至将错误变成证明自己正确的新证据，在错误的道路上愈行愈远。

我们对认知一致的需求如此强烈，以至于面对反证时，会想方设法加以批评、扭曲或者去除。这种偏见会延伸入潜意识。种族歧视、性别歧视、性取向歧视等，有时是我们维持自我一致性的产物。比如某一族群的人很令你讨厌，而你觉得自己是好人，不能随随便便讨厌无辜的人，于是找出一堆歧视的理由。每个民族都会编造一些歧视其他民族的理由，这是一种自我辩护和自我调节。

我们无法接受自己也是一个坏人，有些机关甚至养成“我们是正义联盟的一分子”的心态。检察官常常做出错误的检控，即使被揭发也不认错。一想到让无辜的人莫名其妙被关押了几十年，他们为了不否定自己的能力，就会努力证明自己不可能犯下这么严重的错误。

有很多外在诱因让他们否认自己的误判，而内在诱因让他们相信自己是正直的、有能力的人，从来不会随随便便将人定罪。当新证据摊在眼前告诉他们相反的事实，他们会认为证据不够充分，这个人一副坏人模样，无论如何总会犯罪。

我们很难承认错误，久而久之就会觉得自己正确，错的永远是别人。大部分人认为对抗外敌时，政府一定是站在我们这边的，所以政府干什么都是对的。当年美国莫名其妙去炸伊拉克，尽管后来证实大规模杀伤性武器子虚乌有，但很多美国人相信只是尚未找到证据而已。他们太信任既有信念，证据再多也无法推翻成见。

就连举世公认的暴君都觉得自己是好人。有学者访问几位著名独裁者，包括中非“食人皇帝”博卡萨[1]，他们都宣称谋杀乃至吃掉敌人都是为了国家好，不然就会天下大乱。他们不认为自己是暴君，反而觉得自己是为国牺牲，是挨人痛骂的最大爱国者。

有位作家写道，身为出于爱而压迫人民的人，所产生的认知失调程度可总结为“小杜瓦利埃在海地”。海地以前是个独裁国家，有张传单写着“身为海地不可逆转的民主奠基人，我愿意接受历史法庭

[1] 让－贝德尔·博卡萨（Jean-Bédel Bokassa，1921—1996），1966年任中非共和国总统，1976年改共和制为君主立宪制，次年加冕为中非帝国皇帝，1979年在政变中被推翻，1987年被指控犯有杀人罪、侵吞国家财产罪等，有人做证说他曾经食人肉。

的审判”，签名则是终身总统让－克洛德·杜瓦利埃[1]。就连希特勒都说德国人只是在“自卫”而已，因为一战战胜国用《凡尔赛条约》羞辱德国。

我们永远喜欢将手指向别人，就连夫妻吵架也是这样。偏见形成之后，我们将对方的优点当作背景视而不见，只注意对方的缺点。我们对偏见的维持，有时比维持婚姻、友情、亲情还重视。

（主讲　梁文道）

[1] 让－克洛德·杜瓦利埃（Jean-Claude Duvalier，1951— ），1971年在父亲去世后继任海地总统，1985年以所谓“99.98%的赞成票”被确认为“终身总统”，次年在首都太子港总罢工中携家眷逃亡，2011年获准回国。

## 《怀旧制造厂：记忆、时间、变老》

人老，记忆不老

杜威·德拉埃斯马（Douwe Draaisma，1953— ），荷兰格罗宁根大学心理学史教授，专攻人类记忆的本质和运作方式。著有《记忆的隐喻：心灵的观念史》《误入歧途的心灵》《为什么随着年龄的增长时间过得越来越快——记忆如何塑造我们的过去》等。

很多人到了七八十岁忍不住要写自传，这其实是一种记忆驱使的冲动。

有些老人的回忆录把年轻时代写得栩栩如生，我不禁有点怀疑：那是真的吗？一个七老八十的人真的能记得那么清晰，连当年的语气都记忆犹新？这似乎不太可能，多多少少会有点偏差吧。

荷兰心理学史教授杜威·德拉埃斯马是位记忆研究专家，在《怀旧制造厂：记忆、时间、变老》一书中告诉我们：人们写自传时，记忆似乎会发生变化，并非记忆变得不可靠了，而是一件事情以不同于当年的另一种方式被表述出来。

比起年轻人，老年人对这种变化更有经验。因为一个六旬之人经历过20岁，而一个年轻人不知道年过花甲是什么感觉。经历人生漫漫长路上的各种意外、挫折和欣喜之后，你记住这些东西的方式不同，它们的含义也就不同，记忆过程中会有一些细节上的修改来印证或支持你后来的解读。

这似乎不足为奇，但我们仍然要问，那些细节真的记得住吗？直到最近20年心理学家才承认，对于回忆来说，可靠或许并非最重要，重要的是回忆的力量正在起作用。记忆在人到老年时重新返回，比中年时期更频繁地出现在脑海里，浮现出来的情景也更鲜明。

德国作家格拉斯[1]的自传《剥洋葱》出版时备受瞩目，因为他承认并忏悔年轻时参加纳粹党卫军的不光彩历史。有记者问他："当人到了几乎八十岁的时候，所有这些事情离您一定非常遥远了吧？"格拉斯回答："不是这样的，这一切都历历在目，宛如昨日。如果要我准确地说出1996年我做了哪次旅行，我非得瞧一眼哪本记事本不可。但上了年纪之后，对童年阶段的记忆反倒清晰了许多。至于什么时候是写一些自传的恰当时间，显然也和年龄有关。"

这种说法很有趣。通常说老人记性不太好，因为他们容易丧失"预期记忆"。这是一种负责计划的记忆，即打算做什么的记忆。往事总是跟其他事情交织在一起，有背景，有脉络，所以好记些。然而我们有时发现人越老，年轻时的记忆越清晰。二三十岁的人可能记不清十几岁的事情，到了60岁反而记忆分外清晰，而且回忆自动涌现，无法操控。难怪很多人到了七八十岁忍不住要写自传，这其实是一种记忆驱使的冲动。

---

[1] 君特·格拉斯（Günter Grass，1927— ），生于但泽市（今波兰格但斯克），德国作家，1999年诺贝尔文学奖得主。代表作是"但泽三部曲"——《铁皮鼓》《猫与鼠》《狗年月》。

几乎所有自传都呈现一个模式：七八十岁的人回忆一生时，最近几年占的分量最少，童年的事情稍多些，花最多时间书写的是二三十岁。那是一生之中最具影响性、界定性的一刻，到老年就会突然涌现，提醒自己曾经走过什么样的路。

如果你问年轻人和老人一件最近发生的事，如果都记错时间的话，年轻人会觉得就在不久前，老人则会把它提前很多年。这是记忆的“望远镜现象”：最近的事情推远了，久远的事情反而拉近了。这就是为什么很多老人说孙子好久没来看他了，其实可能上个星期甚至前天刚刚见过面。

有些老人本来很爱读书，后来完全失去兴趣。是否因为刺激大脑记忆的东西越来越少，以致老人的记性不断衰退？答案相反。大不如前的记性封锁了越来越多原先带着乐趣去探索的领域，老人不再回复来信，不再理解纪录片的内容，慢慢陷入沉默。最重要的是，他连自己忘记什么都已经忘记了。

（主讲　梁文道）

## 《洗脑术：思想控制的荒唐史》

### 揉捏大脑橡皮泥

多米尼克·斯垂特菲尔德（Dominic Streatfeild，1969— ），英国作家、独立纪录片制片人。擅长军事与安全题材，拍摄探索频道“恐怖时代”系列纪录片等。《洗脑术》为美国中央情报局“情报官书架”推荐书目，另著有《可卡因传奇》等。

对付洗脑术，本身就像洗脑。

朝鲜战争中，中国人民志愿军牺牲惨重，为什么会死伤那么多人？一个原因是中国军队太过仁慈，把枪举向天空以免射伤敌方。这是真的吗？

说这话的是一位英国士兵。他被中朝军队俘虏了，过段时间在电台说，他得到中朝人民的宽待，现在出来坦白交代。这太离谱了吧？在彭德怀将军的率领下，人家要打死我们，我们却不射杀人家，这可能吗？当时就有这么一批英美战俘出来“坦白交代”，比如说美军不断对朝鲜使用细菌武器，其实后来发现美军并未发动细菌战。

战俘为什么会说出这种话？这就涉及洗脑术。《洗脑术：思想控制的荒唐史》所说的洗脑术，并非广义上针对社会层面的大规模洗脑，比如广告、政治宣传，而是针对个人的思想控制。那位英国士兵的话，很明显是思想控制的结果。战争结束后，朝鲜释放了很多战俘回国，但有 20 多人坚决不回去。这些人认为共产主义才是出路，资本主义太过腐朽，他们的国家攻打共产主义国家是背叛了二战时期为正义作战的光荣传统。

这件事立即引起西方情报部门的注意。他们并非第一次注意到共产主义阵营这种奇怪的现象。当年斯大林搞“大清洗”运动的时候，西方外交官在著名的莫斯科大审判[1]中发现：很多受审者自列宁时代就投身革命，一上法庭却说他们叛国，而且坦白到歇斯底里的程度，说他们背叛了共产主义，背叛了革命，请处以极刑。最后他们全部被枪决，而他们居然感激涕零。

从那时起，西方情报部门一直在研究共产主义阵营如何洗脑。当然，英美国家也很懂得洗脑。他们发现苏联的审讯方法很有效，后来也效仿。当时东西方两大阵营存在一种古怪的经验交流，双方从投诚者口中套出对方的招数，然后互相学习洗脑术。

苏联厉害之处是，早在三四十年代就大量运用行为心理学和其他心理学法门来洗脑。有些审讯方法今天已耳熟能详：犯人意识到不彻底屈服则审讯不会结束，于是编造罪行，向审讯人员摇尾乞怜。通过这种方式，犯人说服自己的确犯下这些罪行，再难分清真实与虚构。最有名的审讯方法是“魔法屋”：屋子本身和里面物体的形状均不规则，让犯人丧失正常的方向感和空间感。屋里的灯不停转动，在

[1] 1934年年底，苏联共产党中央政治局委员谢尔盖·米罗诺维奇·基洛夫（Sergei Mironovich Kirov，1886—1934）遇刺引发了“大清洗”运动。1936年至1938年，苏联举行三次莫斯科大审判，邀请西方记者、外交使团和独立观察人士旁听，受审者主要是苏联共产党及政府前领导人。

墙上投射出旋转的图像。家具摆设半透明，床倾斜的角度让人难以入眠，屋里还隐藏扬声器播放各种奇怪的声音。用餐时间经常变动，有时仅间隔五分钟，以扰乱犯人的时间感。犯人被下安眠药，有时赤身裸体地睡觉，醒来却穿戴整齐，有时和衣而睡，醒来却一丝不挂。这些都是为了扰乱犯人的心志。

后来美国中央情报局（CIA）发明了一个更厉害的洗脑术——感官剥夺，灵感来自苏联。犯人被关在注满94.8华氏度（约35摄氏度）液体胶的水箱里，赤身裸体，四肢被绑，头部包在类似潜水员头盔的东西里来维持呼吸，只能听见自己的呼吸声。这样让感官全部丧失，讯息无法进入大脑，久而久之会把人逼疯。英国有特种兵参观过这种方法，结果想出一个办法来对付：专心盯着自己的阳具，做各种色情想象，让大脑和感官保持活跃。

洗脑术有很多，最生理性的是直接下药，比如LSD（一种迷幻药），还有催眠术，或者一连串心理酷刑，让一个人的心房慢慢崩溃，思想意识渐渐模糊，然后整个人彻底改变。

对付洗脑术，本身就像洗脑。当年英国情报部门跟爱尔兰共和军斗争时，常常抓人来审讯，用各种洗脑术使之意志软弱、思想改变甚至完全转向。走漏风声后，爱尔兰共和军认为必须认真应对洗脑术，方法是先自行经历一回。这是当时情报部门和特种部队必须做的事。在被敌方抓获之前，他们已历经无数酷刑和恐怖的心理实验，只不过是自己人施加在自己人身上罢了。

如果有人被洗脑了，你得给他反洗脑。反洗脑是逆向操作，但程序其实一样。20 世纪 70 年代，美国有一个叫福特 · 格林的人用“思想解毒”的方法对付所谓邪教。他经常绑架“误入歧途”的信徒，用各种方法恐吓对方，让对方大哭、吼叫、呻吟直至崩溃，然后他迅速介入以重建对方的信仰，最后宣称已将此人挽救回正常世界。

可笑的是，这位思想解毒者的妹妹凯瑟琳 · 格林却是统一教信徒。韩国统一教教主文鲜明[1]已去世，他创立的宗教引发很多争议。很多人觉得统一教很古怪，甚至有人觉得是邪教。成员脱离原来的社会圈子，似乎失去一个人应有的自我控制，有时甚至并非自主择偶，而是由教主“钦定”。这种婚姻会出现古怪的现象，比如凯瑟琳 · 格林嫁给一个陌生的日本男人，她不会说日文，丈夫也不会说英文。

统一教等很多宗教惹人诟病的地方在于，不是一开始就跟你说明在传教。耶稣会说，你们跟随我吧，我带领你们走向天国。统一教则说我们有很快乐的生活方式，搞半天才跟你挑明，而你往往已不想离开。对新加入集体生活的成员，他们尽量让你和朋友隔离，经常又唱歌又游戏，把你们搞得很忙，不让你们有私下交流和反省的机会。每当你给家人打电话，他们会很友善地站在旁边，让你不好意思说坏话。他们还会把你原来生活的那个世界描绘得十分恐怖，说你的家人

[1] 文鲜明（Sun Myung Moon，1920—2012），生于今朝鲜平安北道，1954 年在韩国创立统一教，1971 年移居美国传教。同时创建商业帝国，并涉足媒体，1982 年创办右翼报纸《华盛顿时报》，2000 年收购合众国际社。

不赞成你跟他们在一起，是因为你的家人已背离正道。

这听起来就是洗脑术，但问题是，对付这种洗脑术的人也不是好东西。1993 年，纽约一位思想解毒者计划劫持一名异教徒，结果在街上绑错人，被判入狱七年。有人把一个女孩从狂热思想中“解救”出来，胜利地叫嚷道：“你们会为此感到欣慰的，你们的女儿变回基督徒了。”女孩的父母倒吸了一口气，女儿以前可是犹太教徒啊！由此可见，思想解毒者本身也带有宗教狂热。

洗脑也好，反洗脑也罢，其实都是洗脑。我们不要过度关注这种事情，否则就陷入古灵精怪的阴谋论。我们动不动就认为是 CIA 的阴谋，其实可能并无证据。然而对坚信不移的人来说，没有证据则意味着有很多证据。

（主讲　梁文道）

## 《中情局罪与罚：CIA 60年秘史存灰》

CIA 家丑外扬

蒂姆·韦纳（Tim Weiner，1957— ），《纽约时报》记者，两度普利策奖得主。《中情局罪与罚：CIA 60年秘史存灰》于 2007 年获美国国家图书奖，另著有《FBI 罪与罚：联邦调查局的百年忠诚与背叛》等。

CIA 不是很牛嘛，怎么会犯这种低级错误？

《中情局罪与罚：CIA 60 年秘史存灰》（*Legacy of Ashes: The History of the CIA*）出版后非常轰动。CIA 特地在官网上做出回应，批评这本书不够严谨，推荐大家看一些前情报人员更客观的回忆录。一个国家情报部门会跳出来给一本书发“书评”，的确很罕见。到底孰是孰非，读者不妨自己判断。

该书作者蒂姆·韦纳是一位两度获得普利策奖的资深记者。他写书之前做了很长时间的资料搜证工作，查阅了美国政府和中情局已公开的大量档案，访问了前中情局头目等众多知情者，最终写出这本关于 CIA 历史的权威之作，并于 2007 年获得美国国家图书奖（National Book Award）。

翻完这部 50 万字的巨著，读者会觉得有些意犹未尽，因为要写透美国中情局的历史恐怕还得十几本书，CIA 的故事实在太多了。这本书揭开了很多政治秘闻，比如中国台湾读者发现他们怀疑多年的事情被证实了：在台湾核武计划完成前夕，核心成员张宪义[1]上校突然带走所有资料跑去美国，紧接着美国政府就通令制止台湾继续研发核武器。当时有很多人怀疑是 CIA 从中做了手脚。中情局老特工李洁明[2]在这本书中证实：张宪义早就被 CIA 吸收，在台湾潜伏了 20 多年。

李洁明自幼在中国长大，是一个著名的“中国通”，20 世纪 80 年代末曾任美国驻华大使。早在 1951 年他就加入美国中情局，曾在东南亚一些国家做分站站长。美国让这个 CIA 老特工出任驻华大使，其背后的用意不难揣测。以前中国领导人经常说什么要警惕外国颠覆势力的阴谋，现在看来未必全是杞人忧天。

蒂姆 · 韦纳将中情局做的事情分为两大类：一类是本职工作，即搜集情报，另一类是在国外搞政变阴谋。冷战时期，CIA 的一项重要任务是想方设法阻止共产主义意识形态继续赤化世界，曾经策划过很多针对中国的行动，不过大多破产了。这些行动中活跃着李洁明的身影，可惜这本书对他出任驻华大使的经历着墨不多。

这本书还揭发美国参与了 1965 年推翻印尼前总统苏加诺[3]的政

---

[1] 张宪义（1945— ），核能物理学家。美国田纳西大学核工程博士，曾任台湾中山科学研究院核能研究所副所长。1988 年 1 月 12 日举家逃往美国，将诸多机密资料转交美国政府，随后在美国国会秘密听证会上指证台湾核武已接近完成阶段。

[2] 李洁明（James R. Lilley，1928—2009），生于中国青岛。曾于 1981 年至 1984 年担任美国在台协会（AIT）台北办事处处长。1989 年任美国驻华大使，1991 年离任返美，出任国防部助理部长。

[3] 苏加诺（Sukarno，1901—1970），印度尼西亚首任总统，1965 年 9 月 30 日发生政变后，总统权力被军人集团褫夺，1967 年被撤销总统职权并遭软禁，1970 年病逝。

变，因为美国害怕苏加诺会越来越倒向共产主义阵营。这场政变牵连非常广，屠杀了包括印尼共产党在内的数十万人。最令人震惊的是，印尼资深外交官亚当·马利克[1]一直被视为民族解放英雄，但据蒂姆·韦纳披露，他是美国中情局派驻印尼的最高级别卧底。马利克曾协助 CIA 调查印尼政府里面的"赤化分子"，然后把他们干掉。

当然，CIA 一直否认干过这些事。当时美国国会还组织了一个调查委员会，调查美国在印尼这场政变中扮演了什么角色。国会参议院主席问驻印尼大使，我们是不是参与了政变？知情的大使说，绝对没有。参议院主席又问，我们是否意图要参与？大使回答说，不，我们从来不想参与。参议院主席继续问，中央情报局有参与吗？大使说，这个我就不知道了。

CIA 还策划颠覆过中南美洲政权，支持当地极右翼军事独裁政权。这些地区最残暴的军事独裁者，几乎都是美国中情局的好朋友。美国一贯奉行的政策是：宁要法西斯主义，也不要共产主义，不妨用法西斯主义去打击共产主义。

美国中情局在国外搞颠覆活动也有马失前蹄的时候，比如古巴猪湾事件[2]。稍有智商的人一开始就知道这绝对是场灾难，然而 CIA

[1] 亚当·马利克（Adam Malik，1917—1984），年轻时当过记者，1959 年任印度尼西亚驻苏联及波兰大使，1966 年任外交部长，1978 年任副总统。

[2] 美国中央情报局招募一支由 1000 多名古巴流亡者组成的雇佣军，于 1961 年 4 月 17 日从古巴西南海岸猪湾入侵，企图推翻由菲德尔·卡斯特罗（Fidel Castro）领导的古巴革命政府，最终失败。

这群高智商的人独断专行，再三保证绝对会成功。结果这支由美国中情局训练出来的古巴流亡者军队全军覆没，一百多人被打死，一千多人被俘虏，成为 CIA 历史上最著名的污点之一。

本来美国政府并未设立情报部门，二战期间只有一个临时编凑的军事情报机构。战后为了成为“世界领袖”，美国决定专设一个情报部门，搜集世界各国信息并及时向总统汇报。杜鲁门总统最初以为这个部门要干的事无非是每天向他提供国外的参考消息，没想到 CIA 最后越演变越复杂。

CIA 一开始在苏联和东欧搞情报工作还要靠老大哥英国帮忙。自伊丽莎白一世以来，英国就是著名的间谍王国。英国情报人员冷静、客观、狡猾、现实，而美国情报人员经常带有强烈的意识形态，早期成员都特别反共。当年有个头目人物曾说，斯大林才是真正的邪恶化身，比起他，希特勒只不过像是童子军罢了。不难想象这种人在搜集情报时会有失偏颇，会误判形势，所以说后来整个冷战局面闹得不可开交，多少跟这帮人有关。

CIA 素来缺乏外语人才，并不像电影里演的那样——“英明神武”的特工们个个精通十八般武艺，懂多国外语。CIA 特工往往要靠当地情报部门的协助才能开展工作，多数时候还要依赖高科技，依赖推理乃至猜测，因此他们搜集的外国情报常常错误百出。有一点他们倒是做得不错，那就是监视本土国民。早在斯诺登披露“棱镜计划”

之前，美国总统约翰逊[1]就于1967年下令监视国民，比如嬉皮士、反越战人士等，看看是否有共党分子渗透进来。当时的监视规模相当庞大。

美国历届总统其实对 CIA 的情报搜集工作都非常不满，抱怨这是一个濒临崩溃的机构。艾森豪威尔将军在结束总统任期前说，他受够了八年来情报部门的失败，现在最担心的是会不会将“历史灰烬”（legacy of ashes）遗留给后继者。这种担心不无道理，因为 CIA 犯下的错误多得离谱。比如苏联崩溃前半年，美国中情局还在预言苏共会支撑很久。1999 年 5 月，中国驻南斯拉夫大使馆在科索沃战争中遭北约轰炸，很多人不相信是误炸。然而根据蒂姆·韦纳的说法，科索沃战争由美国中情局负责向北约空军提供军事打击目标，当时他们主要依赖一份科索沃的旅游地图，然后提供了几百张照片，其中那张中国驻南斯拉夫大使馆的照片被挑中了，认为那是塞尔维亚一个军事基地。CIA 不是很牛嘛，怎么会犯这种低级错误?

有时候出于政治目的，CIA 还会扭曲情报，最著名的例子莫过于伊拉克战争。当时中情局给美国政府提供了几吨重的资料，分析说伊拉克藏有大规模杀伤性武器，最后这些武器根本没有找到。CIA 就这样用不靠谱的情报决定了一场战争的命运。

（主讲　梁文道）

[1] 林登·贝恩斯·约翰逊（Lyndon Baines Johnson，1908—1973），1961 年任美国副总统，1963 年在约翰·肯尼迪遇刺当日宣誓就任总统，1965 年连任总统。

## 《我这样一个间谍》
世界因我而不同

赖瑞·寇博（Larry J. Kolb，1953— ），美国间谍，曾为美国中央情报局、国土安全部从事间谍工作。著有 *America at Night*（2007 年）。

在我们的日常世界之外，存在一个普通人看不见的世界，只有受过专业训练的人才能发现它。

《中情局罪与罚：CIA 60 年秘史存灰》将美国中情局说得非常不堪，但是为什么我们在影视剧里看到 CIA 特工几乎无所不能？原来塑造正面形象也是 CIA 的一种策略。CIA 元老艾伦·杜勒斯[1]很早就策划过一个行动，鼓动美国的主流媒体报道 CIA 令人喜闻乐见的消息。后来大众文化热衷于宣扬 CIA 的功绩，这层烟雾将 CIA 的真实面目掩盖了。

赖瑞·寇博为 CIA 做过间谍工作，但他不是 CIA 的直属员工。CIA 需要的人手很多，又没那么多编制，于是请了很多外援，把工作外派出去。这有点像建筑工程层层转包，管理松散，好处是这些人不

[1] 艾伦·杜勒斯（Allen Dulles，1893—1969），美国外交官和情报专家，1953 年出任中情局局长，1961 年因古巴吉隆滩战役（又名猪湾事件）失败而被解职。

是国家公务员，可以干一些非法的事情。

赖瑞·寇博在一个间谍家庭长大，父亲是 CIA 早期重要的头目。他从小跟着父亲在日本、德国等地到处跑，极少在一个地方待上三年。他耳濡目染了不少情报人员的职业习惯，比如情报人员一般很爱看间谍小说，可以借虚构的故事宣泄一番；外出吃饭时，他父亲总是选择面朝门口、背对墙壁的位置坐下；野餐的地点也要精心选择，地形要居高临下，以便掌控全局又能迅速逃生。

做情报工作最重要的一点是要有交际手腕。赖瑞·寇博的父亲很善于交际应酬，功力可谓炉火纯青。不管三教九流，凡是有利用价值的人，他父亲都会设法结交：某人刚立下大功，他就寄张贺卡；某位夫人生日，他就派人送花；若没空赴宴，他会送上几箱美酒赔礼道歉；经常邀人来家里共进晚餐，每顿饭局都由他埋单……这些都是情报人员的重要工作内容。

赖瑞·寇博起初并未子承父业，而是当了一名商人。他继承了父亲的交际能力，在国际名流圈周旋，与世界各地的王公贵族、富商绅士都能搭上线。后来他被吸收为美国情报人员，2004 年出版《我这样一个间谍》（*Overworld: The Life and Times of a Reluctant Spy*）时，正在迈阿密海滩躲避印度人的通缉和刺杀，因为他策划了一场政治阴谋，以打击印度某派政治势力。

虽然在间谍家庭受过熏陶，但要成为一名情报人员，赖瑞·寇博还是要接受一些专业训练。父亲的老战友开车带他逛旧金山，指着风挡玻璃说，告诉我你看到了什么？他说看到前面有一个弯道，绕过一道布满青苔的斜坡。父亲的战友说，在他看来这是一个交通阻塞点，他每到一个城市就开始观察主要道路每小时可以驶进多少辆坦克，注意桥梁、电视台、广播电台、发电厂、水库等重要设施的分布位置，衡量需要动用多少兵力去攻防。赖瑞·寇博说旧金山真是太美了，海边那些渔船多漂亮。父亲的战友说，你应该从情报人员的角度来观察这座城市，那些渔船平时出海打鱼，但每年会固定几次暗中跟苏联潜水艇或拖船在外海合作，偷偷将人和货物带进带出。

敏锐的观察力和独特的视角是情报人员必须具备的素质。难怪这本书取名 *Overworld*，意即在我们的日常世界之外，存在一个普通人看不见的世界，只有受过专业训练的人才能发现它。那么，到底什么叫间谍呢？有个拉脱维亚的小清洁工每个星期固定把海军上将办公室纸篓里的垃圾暗中交给联络人，换取 300 美元的报酬，结果被人当成间谍。

不过，现在情报机构大多通过公开渠道来搜集情报，然后加以分析。情报以公开方式获得，谍报则由间谍或特务负责搜集。在 CIA 上班的人未必就是间谍，因为有些人只是像时事评论员一样看看外国报纸，分析外国政治局势、经济状况而已。一般人对间谍的认知来源于小说或影视剧。那里头经常会看到特工手里持有好几本护照，好像护照很容易就能搞到。实际情况是一个特工不可能拿到那么多护照，因为护照一旦申请使用就会进入系统，留下痕迹。特工会利用政策上的漏洞来申请护照，比如美国只要求你寄一份申请表和两张照片，把出生证明或旧护照的资料一并寄过去，就会给你发一个新护照。很多美国人一辈子不打算出国，你花点小钱让他们把出生证明给你，用他们的名字申请，然后换上自己的照片，这样就搞到护照了。

（主讲　梁文道）

## 《弯曲的脊梁：纳粹德国与民主德国时期的宣传活动》

宣传机器在说谎

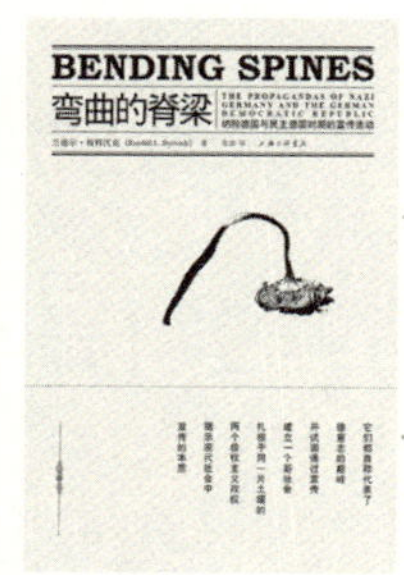


兰德尔·彼特沃克（Randall L. Bytwerk），美国加尔文学院（Calvin College）传播学教授，致力于研究德国宣传领域，创办 German Propaganda Archive（德国宣传档案）网站。著有《国家社会主义的里程碑式演讲》等。

宣传是让大部分人弯下脊梁成为顺从者的东西。

很多年前我跟香港一群文化人受邀去中国内地交流，当地宣传部长递来一张中英文名片，结果我们吓坏了。名片上“宣传”一词译为“propaganda”，殊不知这是一个非常坏的字眼，让人想起极权政府利用宣传机器说谎的形象。

过去基督教宣传教义也叫“propaganda”，但这个词后来恶名昭彰，源于纳粹德国宣传部长戈培尔[1]搞的那一套。此后，整个英语世界对它的认识就很糟糕。宣传在中国虽是很“伟光正”的事情，但你若想跟国际接轨，恐怕换一个字眼如“公关”会更好。

宣传到底是什么东西？兰德尔·彼特沃克教授认为，宣传是让

[1] 保罗·约瑟夫·戈培尔（Paul Joseph Goebbels，1897—1945），纳粹德国国民教育和宣传部长，被视为“宣传的天才”“创造希特勒的人”，以铁腕维护希特勒政权和纳粹德国。在希特勒自杀不久后，戈培尔毒杀了自己的六个孩子，然后让纳粹党卫军开枪将他和妻子击毙。

大部分人弯下脊梁成为顺从者的东西。他很喜欢F. M. 康福德[1]的定义：宣传是“一种非常接近于不用像欺骗敌人那样欺骗朋友的艺术”。这个说法很绕，也很有趣。雅克·埃吕尔[2]有一个定义更具可操作性：“宣传是由一个组织化群体采取的一系列方法，通过心理操纵达到心理上的统一进而融入一个组织，它想在由个体组成的大众群体行动中产生积极或消极的参与。”

以前德国人也觉得“宣传”不是好字眼，纳粹德国却成功地将其树立为正面形象。政府告诉国民“最正确”的东西叫作宣传，敌人煽动颠覆政权叫作鼓动。

德国先后有过两个迥异的政权，一个是极右派的纳粹德国，一个是左派的民主德国。两个政权用的宣传方法很相似，短期内为德国人塑造了两种截然不同的世界观，从而形成两个不同的社会体系。

两个德国政权热衷于搞宣传，背后有无一套理论做支撑呢？其实纳粹的宣传策略够坦白，比如戈培尔有过“大谎与小谎”的比较，认为大谎比小谎更易让人相信，因为小谎易被揭穿。你说市长挪用公款，不如说犹太人正在世界范围内搞阴谋，后者更有说服力。谎言太大就不好证明，很难被驳倒，这是纳粹宣传的要旨之一。纳粹宣传时

[1] 弗朗西斯·麦克唐纳·康福德（Francis Macdonald Cornford，1874—1943），英国古典文学家、诗人，曾任教于剑桥大学三一学院。

[2] 雅克·埃吕尔（Jacques Ellul，1912—1994），法国哲学家、社会学家、神学家，技术自主论的代表人物。著有《宣传》《技术社会》等。

讲究激情、意志、力量，他们喜欢培养擅长口头演说的宣传干部，让他们在公众集会上慷慨激昂，用手势、声线、动作、语言去打动大众。

相反，东德马列主义很少讲情感，而且特别注重书面语。然而书面语在日常演说中不太有效，他们便重视宣传小册子。他们发展出一种党八股，写任何东西都要符合要求。为了让宣传更有力，东德出版过很多类似新旧教义问答的东西。这样一个国家必然充斥各式各样的文件，任何最新指示都要补充在“教义”问答里。东德宣传官员总有处理不完的文件，总有接收不完的指示，常常搞不清哪个是重点，终日沉没于卷宗之间。

一个政权搞宣传，是想将自认为最正确的想法灌输给国民。当你不断胜利时，宣传很容易，失败时怎么办？当年纳粹德国攻打斯大林格勒，国内媒体不断告诉人民说敌人快被消灭了，最后打输了怎么宣传？他们先是沉默，而一沉默人民就知道怎么回事。后来他们开始谈虚的东西，大谈特谈德军的英勇和牺牲精神，以此来掩饰失败的尴尬。

1989 年柏林墙倒塌，连东德的执政党都很惊讶，难道过去的宣传无效吗？ 1945 年至 1961 年，约有 270 万人离开东德。1961 年 8 月 13 日柏林墙始建当天，就有 155,042 人离开，其中半数在 25 岁以下。为什么老百姓要跑去“腐朽”的西德呢？东德政府需要掩饰明显的失败，只好说无辜的同胞是被那边的资本家所引诱，而那些坏蛋二战期间利用犹太人和犯人为他们做苦役，现在同胞跑到那边去就会面临同样可怕的命运。于是，修建柏林墙变成一场胜利。东德媒体说："现在秩序与透明性（clarity）获得了胜利。孩子们被保护着免遭绑票者威胁，家庭则免受那些试图引诱其成员之人的诱导，而工厂免受来自西方的猎头（headhunters）的侵扰。"

政府这么宣传，老百姓到底信不信呢？宣传要有效，始终需要老百姓配合。老百姓未必喜欢那些东西，设法让他们参与宣传活动是最佳方法。当一个人或多或少承担了宣传工作，就算他感觉那些东西是假的，但人的本能让他很难长期说谎，于是慢慢就会屈服直至认同，成为同谋。

纳粹德国和民主德国都没有新闻审查制度，如何控制重要的宣传机器新闻媒体呢？纳粹德国是私人拥有传媒机构，于是国家实行中央控制，让新闻工作者文责自负。虽然避免官方直接审查，但纳粹党人会引导新闻媒体："你们不仅应该知道正在发生什么，也应知道政府正在想什么，并且知道如何最有效地向人们解释这些内容。我们想要一个愿同政府共事的新闻界，正如政府也想同新闻媒体合作一样。"新闻工作者即使犯下很次要的错误都可能立即被解雇，于是形成有效的自我审查体系。

民主德国的传媒机构属于国家，新闻工作者的政治背景比专业背景更重要。主管宣传的部门每周开工作会议，指示哪些东西不准碰。如果你还犯错，后果就很凄惨。这种自我审查比事先审查有效得多。新闻工作者有着相当低的自我认同："我们没有地位，不管是在人民中间，还是在党的机构中……我们被整个党的机构看成是笔墨仆

人 / 操刀代笔者（ink lackeys），有人会给予他们命令的人。我们没有被认真对待。人民说我们是国家的宫廷弄臣 / 小丑（court fool）。”

宣传的后盾当然是武力，甚至是暴力。有人站出来质疑纳粹，挑战希特勒，结果被捕甚至被杀。政府通过塑造这种气氛让老百姓觉得那些人不是因为有良心，而是因为做错事该受罚，大家乖乖的就不会有事。大部分人明白这个道理后，就任由自己的脊梁被弯曲，并以未感不适的方式为自己的漠然同意辩护。“在弯曲人们的脊梁时，极权主义体系误解了人性，从而唤起了人类以往的最糟糕一面，而不是新人最优秀的品质。”

类似柏林墙倒塌的失败总会发生，比如经济表现太糟糕，如何让老百姓陪你一起接受失败呢？只能是弯曲现实，让现实跟随理论走，而不是让现实来修正理论。其实，老百姓知道现实是什么，但他们必须假装同意。

极权主义国家的民意调查很不靠谱，几乎所有人百分百拥戴领导集体，全国上下似乎一条心，然而柏林墙拆掉不久，整个国家就像多米诺骨牌一样轰然倒下。“强迫的忠诚是表面的，20 世纪的强大独裁政权，因为它们的喧嚣与骚动，没能创造出有能力建立一个千年世俗王国的新人类。借用圣经的隐喻，它们那建立在流沙之上的房子，根本无法抵抗暴风雨的肆虐。”

（主讲　梁文道）

## 《大脑操纵——行销不能说的秘密》

小心有人窃听你的大脑

道格拉斯·洛西可夫（Douglas Rushkoff，1961— ），美国媒体理论家，任教于新学院大学（New School University）。著有《网络空间》《媒体病毒》《公司化的生活》等，《大脑操纵》于2002年获媒介生态协会颁发的麦克卢汉奖。

现代公关的逻辑是有错一定要承认，接下来就是操纵媒体准确传播你的讯息。

政治意识形态，日常生活禁忌，潜规则……除此之外，还有什么在给我们洗脑？广告。

对于来自商业力量的东西，我们如何对待？有人觉得无可厚非，有人则要求绝对自由，抗拒所有广告和公关宣传。在美国等成熟资本主义国家，很多学者在研究如何摆脱商业影响。互联网一出现，他们振臂欢呼人民将大获全胜。早期一些理论家甚至粗俗地让年轻人将牛仔裤剪得破破烂烂，认为这是对抗资本主义的方法，你不按规矩穿就自由了。

这样理解自由很容易庸俗化，不过仍有人沿着这条路线追溯下去，道格拉斯·洛西可夫就是典范。这位很有影响力的媒体理论家发明了几个很关键的概念，比如“media virus”（媒体病毒）就成为病毒式营销的理论基础。

洛西可夫是新媒体的吹鼓手，很多年前就预言未来科技将是一种解放力量，让人懂得自我判断，摆脱诸如广告带来的诱惑。然而他的理论很快就被商业机构利用，演变出更厉害的宣传手法。他本人似乎也缺乏免疫力，经常被商业机构邀请去演讲，告诉他们过去那一套已不管用，因此常被人批评说他是向资本家投降。

*Coercion: Why We Listen to What "They" Say* 一书于 1999 年出版，台湾中文版《大脑操纵》于 2008 年出版。虽是一本老书，很多东西已经过时，但内容读来仍很有趣。比如 20 世纪 90 年代，雪碧打出一则广告语："Image is nothing. Thirst is everything."（形象不重要，口渴才重要。）广告历来喜欢塑造美好形象，让人觉得会变得青春、漂亮、愉快。然而越来越多的人觉得，单纯地被这种形象广告诱骗很不酷，要变得实际一点。针对这种潜在消费者，广告商就说买这个产品不是为了形象，而是东西本身就是好。这又是一次成功的广告宣传，打动了自以为不会上当的人。

今天很多人有公关危机，比如政府官员、娱乐名人，还有商业机构。20 世纪 90 年代，美国一家服装公司被人攻击，说它在第三世界国家找的代工工厂都是血汗工厂。老板很头疼，跑去咨询一位公关高手。公关高手首先问是否属实，老板坚决表示他不知道这回事。公关高手就说，你应该走的路相当清楚——你必须起来领导反血汗工厂战斗，而且要认真去做。

公关高手的做法其实很简单：当你被揭发一个所谓丑闻，如果是假的，你要起来反抗；如果是真的，你要坦白交代，绝对不要掩饰错误，不要尝试转移焦点。重点在于，你认错之后如何将公共形象扭向有利的一面。那位服装公司老板于是摇身变成人权斗士、白宫说客，劝说企业主们成立反血汗工厂联盟，以示自己跟血汗工厂斗争到底。

传统公关意在利用媒体去掩盖事实、说谎和转移焦点，让错事显得没错。现代公关的逻辑则是有错一定要承认，因为今天任何媒体手段都骗不了网民，接下来就是操纵媒体准确传播你的讯息。不要把媒体变成用来隐瞒事实的工具，因为事实就摆在那儿。危机公关重点不在于隐瞒事实，而在于引导大家从另一个方向认识事实。这难道不是一种很高级的大脑操纵术吗？

（主讲　梁文道）

## *The Tyranny of Choice*

选择越多并不越幸福

蕾娜塔·莎莉塞（Renata Salecl，1962— ），斯洛文尼亚哲学家、社会学家、法学家，卢布尔雅那大学法学院犯罪学研究所高级研究员，伦敦政治经济学院等多所高校客座教授。著有 *The Spoils of Freedom：Psychoanalysis and Feminism After the Fall of Socialism*（1994 年）、*On Anxiety*（2004 年）等。

正因为有上帝规定我们不能做什么，我们才有选择的自由。

一家公司因社会经济动荡裁员，老板迫不得已裁掉一名年轻人。过去如果一个人勤勤恳恳工作，莫名其妙被炒鱿鱼，会骂老板，会认为华尔街那帮贪婪的金融家把钱赚光，剩下他们在受罪。不，这位年轻人的反应是问老板，你能不能告诉我有什么地方需要改进，这样我下一份工作才会表现更出色。老板坚持解释说他的表现没任何问题，但年轻人仍穷追不舍。

这位老板吓一跳。今天大部分人被教导得像那个年轻人一样，当你的人生陷入困境，你不会认为是社会集体的问题，而是个人的问题。现在每个人被迫学会自我反省，本应有的社会批判变为自我批评。这真的是一个好社会吗？

很多人觉得现代社会比以前自由，因为拥有各种各样的选择。你可以选择各种品牌的手机，然而这种消费的自由能叫作选择的自由吗？我们可以自由选择职业、结婚对象，而过去连人生意义都是宗教给的。我们可以选择信不信宗教，可以规划自己的人生，难道生活不幸福吗?

*The Tyranny of Choice*（《选择的暴政》）告诉我们，这样的幸福其实充满焦虑。蕾娜塔·莎莉塞是斯洛文尼亚著名的哲学家、社会学家，另一个身份是齐泽克[1]的前妻。两人均为受精神分析大师拉康[2]影响的新一代思想家，因蕾娜塔·莎莉塞的作品易读些，有时比齐泽克的作品更畅销。这本书受到很多主流媒体的称赞，然而中译本《选择》介绍作者时说是南非人，居然连国籍都搞错!

这本书告诉我们什么?我们现在能够选择人生的去向，就像能够选择墙纸和护发素一样。在充满选择的时代，一个矛盾的现象是，与之并生形形色色的顾问。美国流行一种职业叫生命教练（Life Coach），现已传入中国。难道人生像球队一样需要教练吗?没错。我们面对选择无所适从，面对困难不知所措，需要有人帮我们制订人生规划，告诉我们该怎么办。

在一个典型的消费社会里，所有东西变得可以选择，我们却茫然失措。我们选择人生大事的态度，就像选择消费品一样。选择伴侣时，每个人脑子里有一本账簿，算计着好处与坏处。陀思

[1] 斯拉沃热·齐泽克（Slavoj Žižek，1949— ），斯洛文尼亚哲学家、社会学家、文化评论家，致力于研究拉康精神分析理论与马克思主义哲学。著有《意识形态的崇高客体》等诸多作品。

[2] 雅克·拉康（Jacques Lacan，1901—1981），生于巴黎，法国精神分析学家、精神科医生，致力于重新解读弗洛伊德理论。

妥耶夫斯基[1]的《卡拉马佐夫兄弟》(*The Brothers Karamazov*)有句名言：假如上帝不存在，我们做任何事都被允许了。拉康则颠倒过来说：假如上帝不存在，我们做任何事都被禁止了。我们的选择需要界限，正因为有上帝规定我们不能做什么，我们才有选择的自由。面对无限选择的时候，我们只好给自己画线，或者找顾问咨询。

今天有各种各样像生命教练一样的人，从选择房子到选择旅游地点都有人指导你，书店里充斥着心灵鸡汤之类的书。美国有位杂志编辑拿自己的人生做实验，看看凡事都听这些指南有何后果。经过两年实验，这位编辑学会减肥，学会布置家庭，学会做更好的伴侣，学会当更称职的父母，最后患上严重的焦虑症。

威尔·弗格森[2]有部小说叫《幸福》(*Happiness*)，讲述社会上突然流传一本自助手册，教大家过快乐而满足的人生。这本小手册如病毒般感染所有人，大家疯狂爱上它，并跟随它的建议生活。每个人降低欲望，停止购买不必要的东西，不买化妆品，不做整容手术，注销会员卡，关上办公室大门，门口挂着“钓鱼去了”的牌子，非常快乐地享受人生。

---

[1] 陀思妥耶夫斯基(Fyodor Dostoevsky，1821—1881)，俄国作家。《卡拉马佐夫兄弟》是他后期最重要的长篇小说，探讨的主题是“上帝是否存在”。

[2] 威尔·弗格森(Will Ferguson，1964— )，加拿大作家。多伦多约克大学毕业，作品以幽默地观察加拿大历史与文化见长。著有 *Why I Hate Canadians*(1997年)、*419: A Novel*(2012年)等。

这个虚构的社会最后如何呢？工厂倒闭，消费链断裂，资本主义市场经济濒临崩溃。商人们决定找出小手册的作者，叫他改变自己的态度，写书鼓励大家好好工作、疯狂消费。结果发现作者是一个住在房车里的老人，并非来自印度的伟大精神导师。这个老人患有癌症，为了替孙子赚生活费，东拼西凑写出了这本书。

今天有太多的专家建议，如果你什么都听，就得精神病；如果所有人都听，社会就停摆。这表明我们的社会建立在这个基础上：每个人必须选择，如果不选择、不消费，社会将停止运转。这样的选择，我们自由吗？我们快乐吗？将一切看成自己的选择，并且要承担后果，结果是什么？我们总觉得自己做得不够好，责问自己是否做错事，产生无穷的焦虑感。

这个时代很关心“我是谁”的问题。每个人被教导要做你自己，什么都要表现你自己的风格，于是变得好疲惫。以前你用服饰展示自己就够了，现在连家用电器都要表现你的风格，一切无不跟你发生关系。人们不再计较上帝怎么看你，而在乎别人怎么看你。难怪我们比以前焦虑，因为你以前怕的只是上帝，现在怕所有人的眼球。

那么，我们希望成为什么人呢？有人参加电视婚恋节目，不是想相亲，而是想亮相。今天很多人想做名人，因为发现名人也是凡人。以前名人有点神秘，现在为何没有星味？八卦杂志太多了，微博太多了，名人的缺点暴露无遗。这拉近了我们与名人的距离，觉得自己也能当名人。

年轻女孩可能想模仿希尔顿酒店的小公主帕丽斯·希尔顿[1]，希望穿那种亮闪闪的衣服，过那种奢华、高调、放荡的生活。这些女孩真的百分百认同帕丽斯·希尔顿吗？不是。帕丽斯·希尔顿只是一个化身，令她们感觉自由与快乐，不必过沉闷无聊的生活。

（主讲　梁文道）

[1] 帕丽斯·希尔顿（Paris Hilton，1981—），美国名模、演员、歌手、商人，希尔顿集团继承人之一，自主创业并拥有自己的品牌，新时代 It Girl（物质女孩）的代表。

## 《沉默串谋者——日常生活中的缄默与纵容》

沉默也犯罪

伊唯塔·杰鲁巴维（Eviatar Zerubavel，又译伊维塔·泽鲁巴维尔，1948— ），生于以色列。宾夕法尼亚大学社会学博士，现任美国罗格斯大学社会学教授。著有《七日周期》《完美界线》《时间地图》等。

对公然展现在眼前的罪恶，如果我们采取勿视、勿听、勿言的态度，就成为同谋。

两三百年前，天主教有些修士存在鸡奸问题，却找不到恰当的字眼去形容这个不算罕见的罪行。于是，鸡奸成为无名之罪。想将社会上一些事情当成背景视而不见时，最佳办法是不给取名字，就像早期对鸡奸的做法一样。

日常生活也有禁忌，我们一般选择委婉的说法。比如在高级餐厅吃饭，你会不会问服务员，我去哪里撒尿？不，你会说，请问洗手间在哪里？

当年纳粹德国的医生参与集中营工作，明明是在毒气室干活，却委婉地说是在做医学工作或科学工作。住在集中营附近的居民对于烟雾和恶臭从何而来想必了然于胸，却装作一无所知，以让自己显得无辜。

一个社会在威权统治下，总是有很多政治禁忌，例如有些历史事件不能碰，触到政府的痛处就会招来杀身之祸。发现国家存在严重问题，我们却佯装看不见，以示不知者无罪。这种行为恰恰使我们处于同谋状态。避而不谈的做法暧昧不明，沉默背后的微妙社会动态隐而不宣。有时大家甚至不会说："这个东西很敏感，我们别谈了。"连承认敏感的存在都是危险的，我们被禁止谈论"我们被禁止谈论什么"。

英语有句谚语叫"房间里的大象"（elephant in the room），用来形容这种状况。房间里明明有头大象，体积庞大，晃来晃去，大家却假装看不见。有些事人所共见人所共知，大家却沉默以对，拒绝承认事实的存在。

"房间里的大象"这类谚语，中文肯定比英语丰富——中国人不是更喜欢心照不宣吗？社会学家伊唯塔·杰鲁巴维以此谚为题，写作 *The Elephant in the Room: Silence and Denial in Everyday Life* 一书。台湾把它译作《沉默串谋者——日常生活中的缄默与纵容》，中国内地胡缠[1]译得也相当好，书名就叫《房间里的大象——生活中的沉默和否认》。

"房间里的大象"这种现象有很多故事，《皇帝的新装》不就是吗？大家都知道皇帝没穿衣服，却假装说很漂亮，直到小孩戳穿谎言。非礼勿视、非礼勿闻、非礼勿言，是社会通行的消极沉默态度。

---

[1] 胡缠，本名许可，中央戏剧学院导演系毕业，后赴哥伦比亚大学学习电影导演专业，回国后与友人创办英语培训机构。

对公然展现在眼前的罪恶，如果我们采取勿视、勿听、勿言的态度，就成为同谋。

世界有太多问题，有些我们注意不到，就会被当成背景过滤掉。通过感官进入大脑的讯息很多，我们通常只专注于一点。比如你在家听音乐，周围其实有很多噪声，但你似乎没听见。注意力的集中，使人忽略某些背景。一个科学家关注什么东西，取决于集中注意力的特定习惯，以及专业训练过程中养成的特定认知取向。一个专家受行业规范的影响，跟研究主题无关的东西就变成背景，比如心脏科医生不会太关心病人的着装。

社会有很多力量在引导我们的注意力，那些不被关注的东西就成为背景。更可怕的是，那些背景有时会被我们故意忽略，成为“房间里的大象”。大象的存在会扭曲房中人的心态，大家担心自己一谈大象，就会被人联想到是在谈那头不能谈的大象。最后房中人连“大象”这个字眼都不用，仿佛不知道地球上存在这种生物。

然而这头大象太大了，难免撞倒一些东西，把房间搞得一塌糊涂。这时候，大家忙着收拾残局。平时假装大象不存在，现在只好做古灵精怪的解释。比如说，房间里的玻璃瓶怎么突然碎了？因为瓶子质量不好，风一吹就碎了。在这样一个国家，人们经历了多少扭曲呀！明明是房间里的大象撞碎了玻璃瓶，大家偏偏说是蚊子踩碎的。

沉默会给人以压力，别人的沉默让你不得不沉默，于是集体沉默越卷越大。目睹一位同事对规章制度置若罔闻，另一位同事也是如此，规章制度不重要的印象就得到强化。恶性循环由此产生，破坏规章制度的人越来越多。

面对禁忌，如果有人说实话，后果如何？答案很简单：大家不会感激他。我们看《皇帝的新装》笑得很开心，然而现实中说真话的人很讨厌，因为他羞辱了整个说谎群体的面子。土耳其作家奥尔罕·帕慕克说出本国历史上黑暗血腥的一面，不仅得罪了政府，也触怒了同胞。一桩阴暗的历史事件压抑久了，就成为国家尊严之所系，揭穿了岂不有损尊严？

（主讲　梁文道）

# 《信任的力量》

## 信任是人权和民主的基础

信任的力量

A Question of Trust

昂诺娜·欧妮尔（Onora O'Neill，1941— ），英国哲学家，剑桥大学教授。1999年获封女男爵（Baroness O'Neill of Bengarve），2007年当选英国皇家学会名誉会员。著有《生物伦理学中的自主与信任》（*Autonomy and Trust in Bioethics*，2002年）等。

正因为所有的保证都不可能完美，所以才需要信任。

信任是性命攸关的事情。假如你对什么都不信任，你可能一天都活不下去：早上洗漱时要相信水龙头出来的水没问题；过马路时要相信红绿灯真的管用，车子看到红灯不会冲撞过来；晚上睡觉时要相信房子不是“豆腐渣工程”，楼板不会突然塌下来……

今天大家都在谈信任危机，如何解决信任缺失呢？很多人强调人权和民主，但英国重量级哲学家昂诺娜·欧妮尔认为：人权和民主并不是信任的基础，恰恰相反，信任才是人权和民主的基础。信任这个基础奠立之后，才能谈人权、民主、司法公正、新闻自由、言论自由等，因为这些东西的实现需要社会成员之间互相合作，而合作的基础就是信任。

昂诺娜·欧妮尔是哈佛大学博士，美国哲学泰斗约翰·罗尔斯[1]

[1] 约翰·罗尔斯（John Rawls，1921—2002），美国政治哲学家、伦理学家，先后任教于普林斯顿大学、哈佛大学等，许多学生成为政治哲学和伦理学领域的重要人物。著有《正义论》《政治自由主义》《万民法》等。

晚年的学生。她曾任剑桥大学纽纳姆学院（Newnham College, Cambridge）院长、英国科学院院长，现任英国平等与人权委员会（Equality and Human Rights Commission）主席。她不仅学术地位非常高，还很罕见地被英国女王册封为男爵，担任英国上议院中立议员。2002 年，她受邀于 BBC 著名的“里思讲座”[1]，做关于信任的主题演讲，随后结集出版《信任的力量》（*A Question of Trust*）一书。

有意思的是，昂诺娜·欧妮尔从《论语》开始谈起：“子贡问政。子曰：‘足食，足兵，民信之矣。’子贡曰：‘必不得已而去，于斯三者何先？’曰：‘去兵。’子贡曰：‘必不得已而去，于斯二者何先？’曰：‘去食。自古皆有死，民无信不立。’”相对于经济和国防，人民的信任是最重要的。经历过二战的昂诺娜·欧妮尔有切身体会，她认为如果政府受到人民信赖，即使一时粮食短缺，也不会动摇国本。

谈信任危机的时候，我们总是在谴责别人。然而一个可信赖的社会的营建，需要我们每个人负起责任。最简单的是，我们对自己应做的事要尽到责任。假如你随便乱来，又怎么能要求人家提供给你的牛奶没问题呢？《信任的力量》一书核心的观点是：假如每个人都做好本职工作，不自欺欺人，信任的资源就会积累起来，社会制度会变

[1] 里思讲座（Reith Lectures），英国广播公司（BBC）1948年开播，每年邀请一位著名学者做一系列广播讲座，于 BBC 全球服务（BBC World Service）和第四电台（BBC Radio 4）播出。该讲座旨在弘扬 BBC 第一任总裁约翰·里思（John Reith，1889—1971）“公共广播服务”的理念，促进公众理解和讨论当前的重要议题。

得可靠。

现代社会依赖各种制度来建立信任感，然而我们面临的一个古老问题是：谁来监督监督者？（Who shall guard the guardians?）比如我们觉得水质有问题，有专家说没问题，于是我们找其他专家来检测。为了确保这些专家不说谎，我们找谁监督呢？找媒体。那么，谁来监督媒体呢？如此循环下去，这个问题没有答案。

昂诺娜·欧妮尔认为，正因为所有的保证都不可能完美，所以才需要信任。既然信任建立在没有保证的情况下，误信难免发生，不是别人让我们失望，就是我们让别人失望。恰恰因为我们生活在一个没有保证的世界里，信任才成为非常珍贵的社会资产。

昂诺娜·欧妮尔提出一个刺耳的观点：信任危机源于我们的“怀疑文化”（culture of suspicion）。近些年世界流行一种管理文化，从政府部门、公益组织到私营企业，所有机构都建立严密的稽考制度，每一层级一天到晚提交报告，每一关口都设立检查环节。比如教师的主要任务不再是教书育人，而是填写各种教学与研究进度报告，然后由别人来审核。这似乎是为了让每个人尽职尽责，然而昂诺娜·欧妮尔认为这只会让人疲于奔命，不留一点自我衡量的空间，根本谈不上信任。

一切透明化之后，是否就会赢得信任呢？非也。昂诺娜·欧妮尔认为信任的本质跟公开化、透明化并无必然联系。比如你开家庭会议说，为了加强家庭成员之间的互信，从今天开始所有房间都用透明墙，大家不要有隐私。这样能增强彼此的信任吗？当然不能！信任的前提之一是我信任你，所以让你保留一定的隐私。隐私需要被尊重，透明化让隐私无所遁形，表明我们之间并不相互信任。当所有人都拿着放大镜看你，你不透明就很可疑：你是不是有什么见不得人的事情？你是不是居心叵测？信任无法通过透明化的稽核来获得。怎么办呢？我们只能学会信任。

（主讲　梁文道）

# 植物看得见你

## 《时间的终点》

“世界末日论”成通俗娱乐秀

DAMIAN THOMPSON

THE END OF TIME

FAITH AND FEAR IN THE SHADOW OF THE MILLENNIUM

达米安·汤普森（Damian Thompson，1962— ），英国作家、媒体人。伦敦政治经济学院宗教社会学博士，曾任《每日电讯报》记者、《天主教先驱报》主编，现为专栏作家。著有*Waiting for Antichrist: Charisma and Apocalypse in a Pentecostal Church*等。

新时代的末日信仰，其实跟通俗娱乐文化有一种内在关系。

2012 年 12 月 21 日并非历史上首次预言的世界末日。自有人类文明以来，我们已多次遇到这种情况，挨到现在还活着，听起来似乎有点可怜。

公元 999 年至公元 1000 年，欧洲很多人相信世界末日会降临。那是公元纪年的第一个千禧年，有人站在山头准备跳崖，有人准备集体自杀……为什么我们会相信世界末日？达米安·汤普森专门研究新宗教和千禧年问题，1996 年出了一本书叫《时间的终点》(*The End of Time: Faith and Fear in the Shadow of the Millennium*)。虽然这是本老书，然而内容很有趣，是该领域一部重要著作。

达米安·汤普森发现，“厄运已经注定”的感觉充斥着整个 10 世纪和 11 世纪早期的文献，以至于神圣罗马帝国的年轻皇帝奥托三世[1]信以为真。他觉得自己将在世界末日来临之际扮演重要角色，于是希望在公元1000年前赶紧控制罗马。因为有预言说，如果这时候有一位皇帝好好管理帝国，就能拖延世界末日的到来。

奥托三世相信帝国瓦解之后会出现敌基督[2]的统治，而他后来真的失去对罗马的控制，于是觉得敌基督就要来了。他招摇地决定放弃各种头衔旅行到罗马，后来居然放弃皇位当了修士。当然，这些行动只会缩短神圣罗马帝国的寿命。他原本希望拖延末日的到来，现在却盼望末日早点降临，让最后的审判将正邪分得清清楚楚。

对末日的恐惧只是欧洲人的心理现象吗？不是。达米安·汤普森指出，世界各地都存在一种现象：在某个特殊的时间节点，人们会产生“末日即将降临”或“新纪元即将开始”的想法。比如16世纪有修士在美洲发现了一种以52年为周期的历法，当每个周期的最后一夜来临时，阿兹特克人[3]会仰望天空，观察天体是否停止运动，如

---

[1] 奥托三世（Otto Ⅲ，Kaiser，980—1002），德国萨克森王朝的统治者之一，3岁继承德意志王国王位，16岁被教皇加冕为神圣罗马帝国皇帝。神圣罗马帝国（962—1806）不同于罗马帝国，是一个四分五裂的国家。奥托三世醉心于恢复罗马帝国的辉煌，两次进军意大利，1001年因罗马人反抗而撤离。

[2] 敌基督（antichrist）假冒基督来否定《圣经》教义，破坏基督教徒与上帝的关系，传播伪基督教条。

[3] 阿兹特克人（Aztec），墨西哥人数最多的一支印第安人。1325年建立特诺奇蒂特兰城（今墨西哥城），14至15世纪盛极一时，1521年阿兹特克帝国被西班牙所灭。阿兹特克文明与印加文明、玛雅文明并称中南美洲三大文明，制定的“太阳历”和“月亮历”每52年重合。

果照常运行就快乐地大叫，因为他们又有52年可活。

有些人认为，20世纪很多的政治意识形态，其实在某种程度上暗合了古老的千禧年观念，其中有两种最为明显：一种是纳粹主义，其意识形态充满了基督教的“末日论”传说，另一种居然是马克思主义！法国有位历史学家将《圣经》的《但以理书》与马克思著作相提并论，列出马克思主义历史观与基督教千禧年观念的对应部分：伊甸园对应原始共产主义，亚当、夏娃吃了禁果而堕落对应私有财产制的开始，末日对应自由资本主义与帝国主义的最后阶段，耶稣再临代表无产阶级革命的胜利……也就是说，现代政治意识形态可能也是一种宗教。

也有一种说法，2012年并不是世界末日，而是一个新纪元的开始，双鱼座时代结束了，宝瓶座时代开始了。玛雅人讲的“2012世界末日”怎么会跟西洋占星术讲的宝瓶座时代扯上关系呢？这就牵涉到最近几十年非常流行的新时代（New Age）说法。

新时代运动（The New Age Movement）一个最重要的特点是混杂，一堆混杂的概念、文化、宗教信仰汇集在一起，然后喜欢讲意识的转变等。比如《上帝的指纹》的作者葛瑞姆·汉卡克[1]就试图将各种古文明说成是人类跟外星人有所接触的结果。他所举的例证非

[1] 葛瑞姆·汉卡克（Graham Hancock，1950— ），英国记者、作家，曾任《经济学人》杂志驻东非记者。著有《上帝的指纹》《失落的约柜》《超自然》等多部考古历史类畅销书。

常不严谨、不科学，但相信的人很多。他本人也相信 2012 年会出大事，结果没有。

怎么解释这些现象呢？法国宗教社会学家爱尔维优－雷杰[1]形容新时代运动是西方另类精神在当代的表现，这种另类精神至少可以溯源至古希腊罗马时代，其趋势像地下暗河一样流经基督教所主宰的世纪，通过秘密会社、神秘论、共济会主义、唯灵论与通神论等，一直涌现至今。这些另类思想后来又掺杂进很多东方信仰甚至美洲原住民的信仰，它们的共同点是相信某种天启论，相信某个终点时间，将注意力集中于个人的转化，并相信个人的转化能够拯救地球，带来意识的全面进化。

爱尔维优－雷杰将新宗教运动或新时代运动形容为地下河流，达米安·汤普森则将其想象为一个巨大的湖泊，各种各样的地下河流汇聚在湖里，创造出不可预期和永远移动的模式。它没有一个固定的宗教信仰核心，内容常常在变。20 年前大家流行读诺查丹玛斯的预言书，后来喜欢读汉卡克的外星人理论，再后来添加了很多东方神秘主义，最近几年则喜欢大谈玛雅预言。这些东西彼此之间没什么太大关系，但又互有亲和性，都牵涉灵性进化、人类救赎等。

---

[1] 达妮埃尔·爱尔维优-雷杰（Danièle Hervieu-Léger，1947— ），巴黎政治学院社会学与人文科学博士，曾任法国宗教学跨学科研究中心主任、《宗教与社会科学档案》杂志主编等职。

什么人会相信这些东西呢？达米安·汤普森很大胆地宣称，新时代运动对某种性格的人、社会边缘人以及因各种境遇一时脆弱的人，具有强大的吸引力。就像中世纪相信末日运动的人一样，他们不一定是社会底层的人，而是受到某些问题困扰的个人，或是因社会地位改变而感到不适应的群体。当一个人缺乏身份、财富、安全和自尊的时候，很容易相信这类东西。有时候社会危机发生的时候，也容易促发一些缺乏安全感的人相信这些神怪理论。例如今天的中国，有人相信某种全能神教，说不定就跟这种心态有关。

有些信仰表面上可以很和平，顶多抽抽大麻，但有很多奇奇怪怪的教派越走越极端。越是被主流社会否定，这些原本就觉得被排斥在外的人对社会的敌意就越深。当教主所预言的末日没有来临时，他们的沮丧就转化为对社会的进一步仇恨，还有些更极端的宗教团体干脆集体自杀。

日本有个搞奥姆真理教的麻原彰晃[1]，是什么人呢？他年轻时考东京大学屡战屡败，后来干脆自创一个宗教。他试图改变世界，只是方法

[1] 麻原彰晃（1955— ），原名松本智津夫。生于日本熊本县一户贫困家庭，因患有先天性白内障，一目完全失明，另一目视力极差。1984年创立奥姆真理教，1990年组建“真理党”竞选众议院失利。1995年策划实施东京地铁沙林毒气事件，造成13人死亡，约6300余人受伤。2004年被东京地方法院一审判处死刑，2006年被日本最高法院判定维持原判，至今未被执行死刑。

很残忍恐怖。最有意思的是美国的天门教[1]，这帮人相信自己只要逃避世界末日就能得到永生，进入另一个宇宙。他们集体自杀前去逛海洋公园，去看《星球大战》，然后一起吃比萨，看上去他们的宗教信仰跟通俗娱乐文化是息息相关的。于是达米安·汤普森得出一个结论：新时代的末日信仰，其实跟通俗娱乐文化有一种内在关系。看看我们今天怎样对待“2012 世界末日”，就知道这是一场通俗娱乐秀。

（主讲　梁文道）

[1] 天门教（Heaven's Gate），又称“天堂之门教”，创立于20世纪70年代，杂糅基督教教义与UFO传言，相信海尔－波普彗星后面有UFO能将他们带往天国，在此之前要净化精神和摆脱肉身，以便在天国获得新生。1997年3月26日，美国警方发现39具服毒自杀的天门教徒尸体，其中包括66岁的教主马歇尔·阿普尔怀特（Marshall Applewhite，1931—1997）。据调查，这是一起集体自杀事件。

## 《世界末日的九种可能》

天灾何时变人祸

菲利普·布雷特（Philip Plait，1964— ），美国天文学家、作家。2007年辞去大学教职，潜心写作。经营博客 www.badastronomy.com，致力于天文科普工作。著有 *Bad Astronomy：Misconceptions and Misuses Revealed, from Astrology to the Moon Landing "Hoax"*。

墨西哥湾那个大凹洞应该就是当年几乎毁灭地球所有生命的那颗小行星的坠落之处。

虽然 2012 年没有发生世界末日，然而关于世界末日的信仰真的那么可笑吗？也未必。从科学的角度看，我们这个世界绝对有可能完蛋。

*Death from the Skies* 直译是“从天而降的死亡”，台湾版译为《世界末日的九种可能》，中国内地版译为《地球的终结：未来世界是这样走向消亡的》。作者菲利普·布雷特是位天文学家，分析了人类灭绝的可能性。

马克像平常一样，早上六点多起床，突然发现窗外有点不对劲：怎么每棵树都照出两个截然不同的影子？抬头望天，一个亮度跟太阳差不多的发光体迅速划过天空，然后慢慢降至地平线以下。一眨眼工夫，出现一道无声却铺天盖地的闪光。光线太强了，马克被刺激得双眼流泪，痛苦地后退了几步。浑浊的光以扇形扩散着从地平面升起，马克隔着窗户都能感受到它的热度。

事情越来越不对劲。树冠开始冒烟，越来越灼热。地震来了，房子剧烈摇晃，马克被掀翻在地。当他摇晃着站起来时，热流从震坏的窗户直灌而入。他以为最坏的应该结束了，谁知真正的危险正以每小时 700 英里的速度穿越大气层袭来。冲击波像十几英里高的海啸一样扑来，把已经着火的房子撕得粉碎。地震仪显示这次地震强度惊人，但现在已无人关心科学数据，人们忙着逃生。

这段文字在描述什么呢？电影拍过无数次的小行星撞击地球的场面。地球上曾经发生过这样的事，导致 6500 万年前的恐龙时代结束。墨西哥湾那个大凹洞应该就是当年几乎毁灭地球所有生命的那颗小行星的坠落之处。

这颗小行星比珠穆朗玛峰还高，以每秒 10 英里的速度穿过大气层，一端触碰到地球表面的时候，另一端还在大气层外。它砸到水面时，墨西哥湾的海水迅速蒸发。撞到岩体之后，它停止下来，剩余能量一瞬间转化为热能。熔化的岩体以每秒数英里的速度飞溅入天空，像洲际导弹一样冲出大气层，然后坠落回来——这样的场景重复几十亿次。撞击点周围数千英里内熊熊燃烧的石头像暴雨一样从天而降，点燃全球范围的森林大火，整个地球基本上都着火了。这就完了吗？没有。燃烧产生的烟雾使得大气层越来越黑，射入地球的阳光也就越来越少。随着时间的推移，地球气温下降，紧接而来的是冰河时期，生物几乎都冻死了。

这种场面还会不会发生？概率并非没有。怎么办？电影常常提到用核弹或火箭去炸碎小行星。这可行吗？恐怕不行。有些小行星的岩块非常松散，像一个泡沫饼，用核弹去炸它就像用锤子重击沙袋一样，几乎不起作用，顶多“砰”的一声而已。有人建议在附近空投炸弹来改变小行星的运行轨道，这是目前找到的最佳方法。

据预测，2029 年 4 月 13 日，小行星阿波菲斯（Apophis）将经过地球。它不会撞击我们，只是离我们很近。如果离得太近，它有可能被地球引力吸引而改变轨道，结果撞上地球。不用杞人忧天，科学家认为到时自有解决之道。

除了小行星撞击地球，还有一种天灾可能让人类灭绝。一些颗粒神不知鬼不觉地从空中降落，覆盖从南极到赤道以北 30° 的大片区域。澳大利亚、新西兰、南美洲、非洲绝大部分地区、印度以及半个中国，都被致命的辐射所笼罩，地球三分之二的人死于非命。之后，一层层厚厚的烟雾开始在空气中形成，整个地球的上空变成红褐色。顽强存活下来的生物发现阳光越来越少，气温越来越低，酸雨降下来。几星期后，气温迅速下降，进入新的冰河时期，南北两极的冰川开始向外扩散，人类历史基本宣告终结。

这种灾害的罪魁祸首是谁呢？很可能是一颗叫船底座海山二（Eta Carinae）的恒星。它距离太阳约 7500 光年，是我们用肉眼所能看到的最远的恒星。虽然离我们很远，但它非常可怕。它的质量大太阳不止 100 倍，一秒内发出的光相当于太阳两个月的能量。周期性痉挛使得它不太稳定，很可能变成极超新星（hypernova），发出伽玛射线（gamma-ray）来危害我们。

伽玛射线是什么？美苏两国在20世纪60年代签订了《核不扩散条约》，互相限制核武器实验，并约定不能在太空做实验，因为太危险了。但问题是谁都信不过谁，美国担心苏联偷偷摸摸做实验，于是用人造卫星在外太空捕捉辐射，结果发现太空存在很多伽玛射线。

伽玛射线是恒星将要形成黑洞或黑洞刚刚形成那一瞬间迸射出来的光束。黑洞的引力非常强大，会把所有东西吸进去，形成吸积盘（accretion disk）。吸积盘里有各种各样的颗粒，它们以惊人的速度相互碰撞、摩擦。当吸积盘被加热到数百万度，高温会将这些颗粒驱赶出黑洞。如果颗粒从吸积盘的平面向外飞，会撞到其他颗粒而无法逃离，向上或向下则能顺利飞出去。此时，一对密集的光束就像两个底部对在一起的手电筒沿着黑洞的上下方向迸射出去，形成非常强烈的伽玛射线。

伽玛射线爆发的时间非常短，大约持续10秒，但它灌注到地球上的能量大得惊人，远远超过令人毛骨悚然的冷战噩梦。它辐射过的地区所遭受的破坏，相当于在每一平方英里的土地上引爆一个百万吨级核弹。现在我们从宇宙中捕捉到的伽玛射线通常都非常遥远，或者是很久以前的恒星爆炸后遗留下来的，对我们没有伤害。

船底座海山二会发出伽玛射线，可堪告慰的是地球似乎不位于它的辐射方向。然而有没有其他潜在的“敌人”呢？现在非常不确定。由于不确定，似乎就无迫在眉睫的危险。然而一旦极超新星出现，不管我们是否确定，我们都将在一瞬间完蛋。

（主讲　梁文道）

## 《地球：从诞生到终结》

地球末日像火星

唐纳德·布朗李（Donald E. Brownlee, 1943—），华盛顿大学天文学系教授，美国宇航局“星尘计划”（Stardust mission）首席研究员，曾获多项科学奖。1991年，小行星3259被命名为3259 Brownlee。

彼得·华德（Peter D. Ward, 1949— ），美国古生物学家，华盛顿大学地质学系与生物学系教授。出版多部著作，2000年与唐纳德·布朗李合著畅销书《地球是孤独的》（*Rare Earth: Why Complex Life Is Uncommon in the Universe*）。

现在的地球已人到中年，开始步入衰退期，早就过了最适合生物生存的阶段。

宇宙其实是一个非常不友善的地方，人类如果离开地球，有99.99999% 的概率会立即死亡。那么，我们留在地球上是否就比较安全呢？如果没有来自外太空的威胁，地球是否就高枕无忧呢？并非如此。地球真的有末日，只不过不是民间传说的那样，而是用科学数据准确推断出来的。

这门学问叫天体生物学（astrobiology），结合太空探索以及天文学家、地球科学家的发现，了解大自然如何运作，然后考察整个太阳系。词缀“astro”（天体的）说明这门看起来有点怪的学科来自古老的天文学。天文学家对地球以外的其他星球的末日做了长期研究，用功能强大的望远镜定期观察太空深处的物体，确实发现曾经可居住的太阳系崩解的遗迹。从词根“biology”（生物学）来看，这门学科还要了解生命如何产生与终结。如果生命产生的各种条件消失了，生命自然也就不复存在。问题在于，生命产生的条件为何会消失？这就涉及星球本身的变化。彼得·华德和唐纳德·布朗李合著的《地球：从诞生到终结》（*The Life and Death of Planet Earth*）讲的就是这个问题。

人类在地球上出现的历史其实是很短暂的。假如将地球迄今为止 45 亿年的寿命浓缩为 24 小时，在晚上 10 点前，约五亿三千万年前产生多细胞生物的寒武纪大爆发[1]尚未出现，到晚上 11 点恐龙才现身，午夜前 20 分钟因小行星撞击地球恐龙灭绝，午夜前最后一分多钟人类才登场。人类过去一万多年的艺术、宗教等文明成果则是最后两秒的产物。

那么，地球还有多长寿命呢？根据两位作者的说法，我们所剩的时间已经不多了。如果将地球看成一个有生命的星球，现在的地球已人到中年，开始步入衰退期，早就过了最适合生物生存的阶段。

我们将走向何方呢？地球将会像太阳系里的兄弟星球火星一样，变成一个毫无生命迹象但又看得出曾被海洋覆盖的干枯的、恶劣的红褐色星球。板块运动使得五大洲慢慢聚合在一起，超级大陆重新诞生，然后动植物终结，海洋消失，最后连微生物都活不下去，所有生命皆毁灭。到了大结局的时候，人类在地球上生存过的痕迹已找不

[1] 寒武纪大爆发（Cambrian Explosion），是指古生代的第一个纪寒武纪爆发式的生物演化事件。在寒武纪开始后的短短数百万年里大量多细胞生物出现，现存几乎所有生物的祖先均可追溯至此时期，地球进入生物大繁荣的阶段。

到。幸好有“阿波罗计划”留下的东西保存在月球上，还有现在往太空发射的各种电波，证明人类曾经存在过。

先不要说超级大陆那么遥远的事情，先看一个离我们最近的终点：几千年后，地球会发生什么？届时地球进入冰河时期，那是一个风很大、灰茫茫而又干燥的极寒世界，潮湿的海洋空气被冰岩吸走，冰墙取代城市高楼的天际线，海平面下降400英尺。未来的子孙会耻笑我们现在担心全球暖化，他们宁愿地球变暖一点。一旦我们耗尽了石油和煤，就没有任何东西可以让冰河保持在海湾外。那时从北向南，冰墙将再次淹没土地，迫使人类再次向较温暖的低纬度地区迁移。

其实，这样一幕情景在地球的演化过程中非常正常，我们看到的翠绿大地只是地球历史上极为短暂的瞬间。一万多年的人类文明史是在一个间冰期出现的，而间冰期比起冰河时期来说非常短暂。可以预期，在人类未来的大部分时日里，目前的一切景象都将改变，即将来临的是更加漫长而正常的冰河时期。

（主讲　梁文道）

## 《谣言粉碎机》

让谣言止于科学

果壳（Guokr.com），2010年由复旦大学神经生物学博士姬十三创办的泛科技垂直网站，秉持“科技有意思”的理念，提供负责任、有智趣的泛科技主题内容，对身边的生活进行有意思的科技解读，让科技成为公众生活的一部分。

日本大地震之后，中国人为之疯狂的一件事是买盐。买盐干吗？抗辐射。辐射从哪儿来？海水。

曾有一些朋友言之凿凿地告诉我，2012 年 12 月 21 日地球会出现三天全黑的场景，抬头不见天日，因为银河系中心一个大黑洞会跟地球和太阳连成一条直线；还有人说地球的磁极会倒转。这些说法有没有科学依据呢？建议大家上果壳网看看。

果壳网专门提供各种各样的科技讯息，其中一个主题社区叫“谣言粉碎机”，专门剖析那些流传很广的缺乏科学知识的谣言。《谣言粉碎机》是这个专栏的结集，作者“果壳”其实就是果壳网的一帮同好。他们是一群学过自然科学、具备专业素养和受过专业训练的在职青年或媒体工作者，希望能够为大众普及一些科学常识，提高中国的科普写作水平。

《谣言粉碎机》粉碎的是一些什么谣言呢？比如我们在电视广告上经常看到很多排毒瘦身的减肥药，告诉我们人体内有宿便很不好，要把它排出来，然后就觉得身体轻松愉快。其实“宿便”并不是一个医学上的概念，因为翻遍教科书都找不到它的定义，很难搞清楚它到底是什么东西。最耸人听闻的说法是，正常人的体内滞留 3~6 千克宿便，便秘者的体内有 7~11 千克宿便。可是，如果真有这么多宿便，就会是好大一坨，堆在肠子里会让人难受得要命。

还有一种说法认为粪便会发酵出瘴气，导致酸毒症。这就更搞笑了，如果酸性物质进入血液就算酸毒症，那么随着食物进入肠腔的胃酸早就害死人了。事实上，小肠中的肠液是碱性的，就算食物发酵发酸，也会被迅速中和。宿便的问题是积在肠道里的粪便的水分不断被吸收，越来越干硬，导致大便时很费力。

再来看看另一则广泛流传的谣言，有人说 2011 年日本那场 9.0 级的大地震是咎由自取，是他们做地底核试验或海底核试验造成的意外。这可不可信呢？地震学家研究地震时要研究震波，常见的震相有三种，即纵波、横波和面波。通常天然地震的纵波振幅 < 横波振幅 < 面波振幅，若是人工爆炸如地底核试验，则纵波振幅 > 横波振幅。在日本“3·11”地震中，美国地震台接收到的数据显示，纵波振幅 < 横波振幅 < 面波振幅。由此可知，这是一个能量巨大的天然地震，美国地质调查局测定震源深度为地下 32 千米。如果是核爆炸的话，要将核装置埋在地下几十千米处，那是不可能的，今天地球上最深的钻孔只不过 12,262 米。

日本大地震之后，中国人为之疯狂的一件事是买盐。买盐干吗？

抗辐射。辐射从哪儿来？海水。日本大地震导致核电站泄漏，海水有污染，大家就想办法搞碘盐回来防核辐射。确实有一个疗法是服碘片来抗辐射。问题是，若靠吃盐来补充与碘片同样含量的碘，一个成人必须至少一次性吃掉 3.3 千克盐。吃下这么多盐，辐射还没把你弄死，你恐怕已经咸死了吧。

（主讲　梁文道）

## 《身体密码：你所不知的生命科学》

究竟谁在指挥人

袁越（1968— ），笔名土摩托，生于上海，《三联生活周刊》特约撰稿人。复旦大学生物工程系毕业，后赴美留学，获生物学硕士学位。著有《土摩托看世界》《来自民间的叛逆》等。

养了猫之后，人会有一点变化。到底怎么回事呢？

除了果壳网、科学松鼠会，今天中国有很多科普作家在各个领域努力工作，有些人写的东西非常受欢迎，比如袁越。袁越是《三联生活周刊》的特约撰稿人，博客的名字叫“土摩托”，影响相当大。袁越的科普写作比较严格地限制在他在行的医学、生理学、生物学领域，很多人看了都觉得受益。

《身体密码：你所不知的生命科学》在香港出版，中国内地版叫《生命八卦》，是袁越历年科普写作的小集结。其中一篇文章关于麦当劳实验，当年我在博客上看到就很有印象。2004 年，一个叫斯普尔洛克[1]的家伙做了个实验，然后用纪录片的形式呈现给观众。这家伙一个月每天连吃三顿麦当劳，结果长了 25 磅肥肉，身心疲惫不堪，听说还吃出病来。他全程拍摄了这个过程，把全世界吓坏了：吃麦当

[1] 摩根·斯普尔洛克（Morgan Spurlock，1970— ），美国纪录片导演，2004 年执导并主演的《超码的我》（*Super Size Me*）获奥斯卡最佳纪录长片提名，2008 年执导第二部纪录片《奥萨姆·本·拉登在哪里？》。

劳不但会把人吃坏，吃死都说不定。

然而一个叫索索·维利的女孩同样做了这个实验，并且连做三个月，最后拍出一部纪录片叫《我和小麦》。连吃三个月麦当劳，她变成大肥婆了吗？不，她从175磅减到139磅。可是这样一部似乎很赞赏麦当劳的电影，为什么大家没怎么听说过？因为一般思想比较左倾的人都很讨厌麦当劳这样的国际连锁集团，自然不会推荐。

同样拿麦当劳做实验，为什么一个人吃得胖出毛病，另一个人减肥成功呢？这恰好说明什么叫科学。对科学而言，实验是很重要的。但到底实验该怎么做呢？袁越认为，一个好的科学实验必须具备三大要素：一个好的假说，一群数量够大的实验对象，一个公正的评判标准。而上述两个实验，三者中的任何一点都不具备。

斯普尔洛克一心想证明麦当劳速食不好，每天都吃过量食品，而且故意不锻炼身体，把自己当猪养。索索·维利则一心想推翻斯普尔洛克的结论，于是按照麦当劳提供的营养成分表严格定餐，每顿不超过2000卡路里。最后实验结果的差别不是麦当劳造成的，而是许多别的因素在起作用。就像很多民间偏方，某人吃过有效就传说有效，其实并不是谁吃都会见效。吃麦当劳不一定就会让你变胖或者变瘦。

这本书里还有一篇关于养猫的文章，我很感兴趣，因为我就是个养猫的人。袁越说，养猫可以改变人的性格。我们养猫的人也常常说，养了猫之后，人会有一点变化。到底怎么回事呢？科学解说是，这不是心理问题，而是生理问题，主要因为猫身上有一种寄生虫叫弓形虫。这种虫子不只寄生在猫身上，还寄生在人类身上，全世界超过一半的人是它的宿主。

弓形虫一旦进入人体，人类就很难彻底治愈它了。那么，我们会死吗？不会。就算我们会死，也不是被它害死的，因为它要在我们体内好好活着，一直繁衍下去。好玩的是，2000 年牛津大学的科学家发表研究报告，证实感染弓形虫的老鼠变得不再胆小，平时不敢去的地方也敢去了，甚至连猫都不怕了。美国斯坦福大学的科学家进一步发现，弓形虫不但能让老鼠丢掉胆小的毛病，而且会让老鼠养成一种新的毛病——喜欢闻猫尿的味道。结果可想而知，这些老鼠更容易被猫吃掉。只要稍微想一想，我们就明白弓形虫这样做的目的。养猫的人都知道猫不喜欢吃死动物，弓形虫想要尽快进入猫的体内以完成自己的生命周期，就必须尽快让猫抓到老鼠。

弓形虫进入人体后，可能会让一些细胞像被绑架一样变得非常活跃。据研究，弓形虫感染率高的民族最容易变得神经质；也就是说，养猫的人后来会有点神经质，说不定就跟弓形虫有关。提起养猫的人，很多人会想到这种形象：一个鬼鬼祟祟的老姑婆，躲在一间大屋子里，身边围绕着一群猫，一有风吹草动就紧张得不得了，不知道她在想些什么玩意儿。这真的是弓形虫造成的吗？袁越说，虽然有这样一个研究，但恐怕还需要继续探讨下去。

（主讲　梁文道）

## 《植物看得见你》

植物听不见你

植物

看得見你

DANIEL
CHAMOVITZ

丹尼尔·查莫维茨（Daniel Chamovitz，1963— ），生于美国宾夕法尼亚州，植物学家。耶路撒冷希伯来大学遗传学博士，现任以色列特拉维夫大学（Tel Aviv University）植物科学系主任、曼纳植物科学中心主任。本书内地版本译为《植物知道生命的答案》。

植物有某种程度的视觉、触觉甚至嗅觉，但没有听觉。

我以前知道达尔文对植物研究也有兴趣，但没注意到他在该领域的很多研究是开先河的，尤其是在植物的感官研究方面。其中最奇怪的一个研究是，植物到底对声音有什么反应。据说达尔文巴松管吹得不错，他种了一些含羞草每天对着它们吹，想看看它们听了曲子之后的反应。有反应吗？没有。

这个段子从哪儿来的？《植物看得见你》(*What a Plant Knows*)。作者丹尼尔·查莫维茨是位植物学家，也是很有名的科普作家，现任以色列特拉维夫大学曼纳植物科学中心主任。他的大部分作品都能在 *Scientific American*（《科学美国人》）杂志上看到。这本书是 *Scientific American* 特别帮他出版的文章结集，探讨的主题是植物的感官。

植物的感官是个大题目。记得我上小学二三年级的时候，老师讲到动植物的区别时说，动物会动，植物不会动。当时我就觉得奇怪，我说老师不对啊，植物怎么不会动呢，植物不会动的话，怎么从豆子发芽变成幼苗，然后长成树开花呢？它难道不是一直在动吗？只是动得很慢而已。跟老师辩论到最后，老师烦透了，叫我出去罚站。OK，所以我没当成植物学家。

除了所谓的会动不会动，动植物还有一个重要区别是感官，比如会不会痛。你要是拿刀砍树，树会痛吗？如果它会痛，那真是很麻烦的事。如果植物真的能感知这个世界，人类的整个生活将会改变，我们跟植物的关系将彻底被改变。

几十年前有一些书让很多人觉得非常震撼，比如《植物的秘密生命》（*The Secret Life of Plants*，1973 年），今天仍有很多人在看。作者彼得·汤京士[1]、克里斯多福·柏德[2]声称要揭示植物与人类在生理、情感、灵性上的相互牵连，比如植物是怎么样欣赏音乐的。据说植物对巴赫、莫扎特的音乐有特别正面的回应，对摇滚乐就感觉很不爽，听到印度灵性音乐之后又长好了。

丹尼尔·查莫维茨引述一位植物生理学教授的说法，认为《植物的秘密生命》的问题在于全书几乎没有适当的、确切的证据就得出古怪的结论，并且结论太玄乎了，玄乎的程度有点像最近几年很多人

---

[1] 彼得·汤京士（Peter Tompkins，1919—2007），二战期间曾在意大利担任战地记者、美军情报人员，著有《植物的秘密生命》（*The Secret Life of Nature*）、《土壤的秘密》（*Secrets of the Soil*，与克里斯多福·柏德合著）等。

[2] 克里斯多福·柏德（Christopher Bird，1928—1996），美国记者、作家，著有 *The Divining Hand: The 500-Year-Old Mystery of Dowsing* 等。

谈论的《水知道答案》，什么给水看一些开心的字眼，给水听好听的音乐，它就是健康的水，给水听愤怒的摇滚乐，它就脏浊了。这种书竟然卖得非常火！

达尔文当年觉得植物没听觉，后来有一个叫桃乐茜·雷塔莱克[1]的美国人写了一本《音乐与植物之声》（*The Sound of Music and Plants*），虽然遭到主流科学界的鄙弃，却大受一般读者欢迎。这本书唯一能让我们学到的就是20世纪60年代美国的政治文化氛围，即强调回归心灵，人与自然一体。当时一群美国嬉皮士去印度找大师，学佛又学印度教，学了一大堆杂七杂八的东西回来。雷塔莱克受这种潮流的影响，同时又受到一本书的影响，书名叫《祈祷对植物的影响》（*The Power of Prayer on Plants*，1959年）。我的天哪！

丹尼尔·查莫维茨认为，植物有某种程度的视觉、触觉甚至嗅觉，但没有听觉，因为植物是固定的，没必要像动物一样靠听声音来决定自己往哪个方向逃亡或躲避。所谓植物有触觉，是不是意味着拿刀砍它，它会痛呢？这是一个很严肃的问题。丹尼尔·查莫维茨说，我们需要了解所谓植物的触觉其实就是一连串的电信号反应。捕蝇草是最多人研究的对象，它的两根细毛受到压力时会产生电信号，然后

[1] 桃乐茜·雷塔莱克（Dorothy L. Retallack），在美国科罗拉多女子学院主修音乐时，为了完成植物学课程的实验任务，放音乐给植物听以观察音乐对植物的影响，1973年出版《音乐与植物之声》。

启动捕食昆虫的陷阱。

植物知道有没有人碰它，知道枝丫是不是在随风摇摆，也能区分冷热，但不知道疼痛。植物的确会有某种机械反应，会有电信号反应，但没有我们所说的神经。尽管有些很新锐的科学家试图说明植物具有某种神经网络，但大部分学者认为那不叫神经网络。植物没有大脑，所以你不要怕。你摸植物时，它不会痛，不会痒，也不会舒服。

（主讲　梁文道）

## *Plant Lives: Borderline Beings in Indian Traditions*

### 吃植物是不是杀生

埃里森·班克斯·芬得莱（Ellison Banks Findly），耶鲁大学印度教与佛教博士，美国三一学院（Trinity College）宗教学教授。著有*Nur Jahan: Empress of Mughal India*等。

造物主为什么要创造世界，因为他要吃这个世界，世界是他给自己的一个祭献。

植物没有痛觉，大家再怎么爱惜生命也可以放心地吃。不过话又说回来，要是你不吃肉也不吃植物，难道就靠自己光合作用吗？别开玩笑，对一些国家的人来讲，这是个很严重的问题。他们太过爱惜生命，或者说对生命的看法太特别，以至于为植物到底能不能吃这个问题进行了很复杂的思考。

印度有全世界最多的素食人口，12 亿人口里接近 40% 吃素，并且其中两三亿人是全素，连蛋奶制品都不吃。为什么印度会有这么发达的素食文化？因为自四五千年前开始，印度就有一种观念叫 Ahimsa，翻译成中文叫不杀生、无伤或者不害。

*Plant Lives: Borderline Beings in Indian Traditions*（《植物生命：印度传统中的底线生存》）是一本很有意思的书，但我相信没几个人有

兴趣全部看完。如果你耐着性子读，会学到许多很古怪的东西。作者 Ellison Banks Findly 是美国三一学院教授，一位从女性主义角度研究佛教问题的专家。她讨论了一般人谈印度哲学史时常常忽视的问题——植物的地位问题。

为什么这个问题很重要？我们知道佛教传入汉地以后发展出大乘佛教，要求教徒尽量吃素。为什么不吃肉呢？因为动物被认为是有情众生之一，吃动物等于是在伤害生命，是不好的。如果有轮回转世的话，你现在吃的这头猪、牛、羊，说不定就是你去世的亲戚旧友。

南传佛教里有一部很重要的戒律是《波罗提木叉》（国内有人译为《比库巴蒂摩卡》），里面就有很多关于植物的思考，比如你该不该砍一些树来修理房子，似乎早期佛教连植物都不太想伤害。Ellison Banks Findly 引述一些学者的考察，发现早期佛教对植物持非常谨慎的态度，而到了后期就比较放松。早期佛教的很多戒律是针对出家人的，后来孔雀王朝的阿育王[1]大兴佛法，越来越多的人开始修习佛法，很难再要求大家那么严谨地对待植物，因此就放宽了。

为什么植物也是生命？印度除了 Ahimsa 的观念之外，还有一个重要观念是 Karma（业）。印度各大宗教流派基本上都认同 Karma 的存在。决定一个生物叫不叫生物，首先是看它会不会轮回。从佛教的角度讲，六道也好，五道也罢，植物皆不在其中。但是对于耆那教来

---

[1] 阿育王（Aśoka，？—前232），印度孔雀王朝的第三代君主。早年是杀戮无数的暴君，后来皈依佛教并大力宣扬佛法，成为佛教护法名王。

讲，植物也会轮回。也就是说，人有可能转世变成植物，或者植物慢慢进阶转世为人。

这样的话，问题就来了：假如植物也是有情众生，我们还能吃植物吗？印度最高种姓阶层婆罗门几千年来都吃素，假如告诉他们植物也有生命，连植物也不能吃，他们还能活吗？这就涉及该书所讲的borderline beings（底线的生存）问题。人必须吃东西才能活，如果连植物都不吃的话，人就活不下去了。所以人没办法必须吃植物，只不过须吃得谨慎一点。

当然，你再怎么谨慎，也还是在杀生。怎么办呢？印度教有一个传统说法是：造物主为什么要创造世界，因为他要吃这个世界，世界是他给自己的一个祭献。同样，我们人平常吃食物，也是以食物来祭献自己。杀生是一种必要的祭献，但是对于被杀害的生命，我们要有很多讲究和规矩。印度教对待植物就有很多讲究，耆那教在素食方面就更加讲究了。印度几千年前的文化传统影响至今。

（主讲　梁文道）